Bianca

El hombre de la Toscana
Christina Hollis

HARLEQUIN

Editado por HARLEQUIN IBÉRICA, S.A.
Núñez de Balboa, 56
28001 Madrid

I.S.B.N.: 978-84-671-7806-7
Depósito legal: B-2089-2010
Editor responsable: Luis Pugni
Preimpresión y fotomecánica: M.T. Color & Diseño, S.L.
C/ Colquide, 6 portal 2 - 3º H. 28230 Las Rozas (Madrid)
Impresión y encuadernación: LITOGRAFÍA ROSÉS, S.A.
C/ Energía, 11. 08850 Gavá (Barcelona)
Fecha impresion para Argentina: 30.8.10
Distribuidor exclusivo para España: LOGISTA
Distribuidor para México: CODIPLYRSA
Distribuidores para Argentina: interior, BERTRAN, S.A.C. Vélez
Sársfield, 1950. Cap. Fed./ Buenos Aires y Gran Buenos Aires,
VACCARO SÁNCHEZ y Cía, S.A.
Distribuidor para Chile: DISTRIBUIDORA ALFA, S.A.

Capítulo 1

ESTÁ a punto de llegar!», pensó Michelle mientras la proa del *Arcadia* asomaba por el cabo San Valere. Había estado esperando aquel momento. A pesar de todo, se tomó unos segundos para admirar el enorme yate de su jefe mientras surcaba las aguas del Mediterráneo.

No quería que aquel trabajo temporal terminara... si es que podía llamarse «trabajo» a ser la encargada doméstica de la villa Jolie Fleur. Aquel trabajo era un regalo de los dioses, y la idea de que fuera a acabarse pendía como un gran nubarrón negro en su horizonte... horizonte al que por lo visto iba a sumarse otro nubarrón.

El día anterior, la secretaria de su jefe había llamado desde el yate. Obviamente tensa y exasperada, le había comunicado que un invitado inesperado iba a alojarse en la villa. Michelle no había tardado en averiguar a qué se debía su tensión. Uno de los principales invitados de su jefe no se estaba adaptando al estilo de vida a bordo del yate. Michelle había reído al escuchar aquello, pensando que se debería al típico mareo.

Pero la verdad era más compleja.

El multimillonario tratante de arte Alessandro Castiglione no podía ser confinado en el océano. Según la secretaria del jefe de Michelle, se suponía que iba a tomarse varias semanas de auténticas vacaciones, pero el tono en que lo dijo reveló más que sus palabras. Michelle entendió entonces a qué iba a enfrentarse, pues ya había conocido a muchos hombres como aquél. Alessandro Castiglione sería un hombre de carácter fuerte e impetuoso que volvería locos a sus empleados. Era posible que, como había dicho la secretaria, fuera «el hombre más atractivo que podía aparecer en cualquier revista», pero Michelle sabía que hacía falta algo más que tener buen aspecto para mantener a un magnate en lo alto de su juego.

Haberse dedicado a limpiar oficinas en el centro de Londres le había permitido atisbar el lado más brutal del mundo de los negocios. De manera que, cuando la secretaria había añadido algunos cotilleos a sus comentarios, Michelle se los había tomado con una pizca de sal. Por lo visto, aquel hombre había asumido recientemente la dirección de la empresa de su padre y lo primero que había hecho había sido despedir a casi todos sus empleados. Por si eso no bastaba, la secretaria había añadido en voz baja que todos esos empleados eran tíos, tías y primos suyos.

¿Qué clase de hombre era capaz de despedir a sus parientes? ¡Ni siquiera su madre había sido capaz de hacer algo así!, pensó Michelle. Pensó en la vida que tan gustosamente había abandonado unos meses atrás. Trabajar para su madre había sido un auténtico infierno. La señora Spicer era una completa perfeccionista. Las dos, como *Spicer & Co*, se habían labrado una buena reputación por el discreto y efectivo servicio doméstico que prestaban en el centro de Londres. La señora Spicer era la que daba las órdenes y Michelle formaba la parte «& Co» del negocio. A ella le tocaba todo el trabajo sucio.

«¡Pero aquí soy yo la que está a cargo!», pensó. A pesar de los nervios, se permitió una pequeña sonrisa mientras se preparaba para recibir al famoso invitado. Por malo que fuera, Alessandro Castiglione no podía ser peor jefe que su madre.

Michelle siempre mantenía la villa en un estado impecable, de manera que aquella inesperada visita no había supuesto demasiado trabajo extra. ¿Y qué era lo peor que podía hacer aquel hombre? ¿Despedirla? A fin de cuentas, aquel trabajo tan sólo iba a durarle unas semanas más. Tal vez fuera como una bomba a punto de estallar, pero Michelle confiaba plenamente en sus propias habilidades. Sabía que, si trabajaba duro y se mantenía fuera de su camino, no habría motivo para que Alessandro Castiglione perdiera la paciencia... al menos con ella.

Pero un hombre capaz de despedir a sus parientes no se inmutaría a la hora de despedirla, y ella aún no estaba lista para irse. Había llegado hasta aquel punto en su vida gracias a un intenso sentido de la supervivencia y, después de haber escapado de Inglaterra, sentía curiosidad por saber hasta dónde podía llegar.

Mientras observaba desde lo alto del acantilado que daba a la bahía, un helicóptero se elevó desde la cubierta del yate. Michelle se protegió los ojos con la mano. Siempre resultaba estimulante verlo balancearse contra el cielo azul con la gracia de una gaviota. Pasó largo rato observándolo, hasta que recordó que debía estar en el lugar adecuado para dar la bienvenida a su no bienvenido invitado. Rodeó la villa hasta la puerta principal de la casa a la vez que echaba un vistazo para constatar que todo estaba en orden. Las inmaculadas ventanas brillaban a la luz del sol y dentro todo estaba preparado. El conserje y el jardinero eran los únicos empleados permanentes durante la temporada de vacaciones, pero no se les veía por ningún sitio.

Nerviosa, Michelle miró sus uñas y su uniforme. Todo estaba limpio y cuidado, como de costumbre. Mantenerse ocupada era el truco de Michelle para enfrentarse al mundo. Tras comprobar que todo estaba en orden, repasó lo que haría cuando llegara el invitado.

«Sonreiré y haré una pequeña inclinación de cabeza», pensó. «Luego le ofreceré la mano para que la estreche, le diré que pulse el timbre si necesita algo y desapareceré».

Aquello no parecía especialmente difícil. Lo complicado era lograrlo. A Michelle le encantaba aquel trabajo porque le daba la oportunidad de pasar mucho tiempo sola. La gente siempre le ponía nerviosa. Lo cierto era que la perspectiva de conocer a un hombre al que por lo visto nunca fotografiaban con la mismo modelo dos veces, la aterrorizaba.

El sonido del helicóptero fue creciendo de volumen hasta que hizo reverberar todo su cuerpo. Se miró las palmas de las manos, ligeramente húmedas a causa del sudor. Las frotó distraídamente contra la camisa negra de su uniforme, pero se detuvo de pronto. ¡Una auténtica francesa no haría nunca algo así!

«Puede que tenga suerte y le guste pasar todo el tiempo en la ciudad», pensó, tratando de animarse. «En ese caso será de tipo nocturno, y apenas lo veré. Bastante tendré con conseguir que todo vaya bien mientras esté en la villa».

Pero según fue acercándose el helicóptero, el ruido de sus rotores se volvió casi imposible de soportar. Michelle se volvió y se acercó a la puerta de la villa en busca de protección. Una vez allí volvió de nuevo la cabeza, esperando ver al helicóptero sobre el césped. Pero se llevó una sorpresa. El helicóptero aún seguía suspendido en el aire. Algo debía de ir mal.

Gastón, el piloto, solía tener tanta prisa por volver a su partida de póquer en el yate que solía aterrizar en cualquier sitio. Varios arbustos y parterres destrozados en los alrededores eran testigo de ello. Pero en aquella ocasión estaba claro que las cosas iban a ser distintas. Michelle supuso que había un nuevo piloto al mando. Gastón nunca se habría tomado tanto tiempo para alinear el helicóptero con la pista. Pero cuando el aparato se elevó de repente y giró para cambiar la dirección de la aproximación, Michelle pudo ver el rostro del piloto. Era el viejo Gastón, aunque, por la furiosa expresión de su rostro, algún perfeccionista debía de estar dándole instrucciones sobre el arte del aterrizaje.

Para cuando el helicóptero aterrizó finalmente, sus patines quedaron perfectamente alineados con la letra H de color blanco dibujada en el suelo.

Pero mientras Michelle trataba de evitar que el intenso aire producido por la hélice deshiciera su peinado se produjo el desastre. Cuando la hélice comenzó a reducir su velocidad, el cambio de presión que ello produjo en el aire hizo que una repentina corriente cerrara de golpe la puerta de la villa. Michelle dio un salto... o al menos lo habría hecho si su uniforme no la hubiera retenido. Su falda había quedado atrapada por la puerta y apenas podía moverse. Horrorizada, tiró de ella para tratar de liberarla, pero no lo logró.

Desesperada, y con la esperanza de que se produjera un milagro, trató de abrir la puerta. Pero sabía que estaba cerrada. Su ángel de la guardia debía de estar de vacaciones.

Había estado nerviosa toda la mañana, pero en aquellos momentos corría el riesgo de ponerse histérica. ¿Qué podía hacer? ¿Saludar de lejos con la mano al hombre que estaba bajando del helicóptero? Pedir ayuda a un invitado cuando se suponía que era ella la que debía atenderlo no era la mejor forma de iniciar una relación profesional. No era probable que alguien capaz de dar clases de precisión a un piloto chapucero tuviera tiempo para resolver accidentes domésticos.

Desesperada, trató de mover la falda abajo y arriba a la vez que tiraba de ella, pero todo fue inútil. La alternativa era dejar la falda atrás, pero esa opción no era posible. Una cosa era una encargada descuidada, pero una encargada semidesnuda sería algo imperdonable. Atrapada como un pollo en el horno, se resignó a que lo encendieran.

El señor Alessandro Castiglione estaba de espaldas a ella, esperando a que bajaran su equipaje del helicóptero. Michelle esperó, sintiéndose cada vez más y más abochornada mientras buscaba mil excusas para explicar su situación. El invitado tomó un maletín y un ordenador y dejó que Gastón se ocupara del resto. Luego se volvió hacia la mansión.

No era tan mayor como Michelle había imaginado, pero pensar que ya se hablaba de un hombre tan joven en la prensa le hizo sentir que su situación empeoraba.

Sin mirar a derecha o izquierda, Alessandro Castiglione se encaminó directamente hacia la puerta principal.

Si Michelle no hubiera estado tan frenética, se habría fijado en sus refinados rasgos. Su pelo oscuro y ligeramente rizado, junto a sus perspicaces ojos marrones y firme caminar, la habrían impresionado muy positivamente... de no encontrarse en aquella situación. En lugar de ello, estaba completamente abochornada. Con las manos a la espalda, siguió tirando inútilmente de su falda. Se sentía como una mariposa agitando las alas contra una ventana cerrada. Y por si aquello no bastara, empezaba a comprender por qué aquel invitado no había encajado en el yate del señor Barlett. Aquel barco estaba pensado para pasarlo bien y disfrutar de las vacaciones, pero Alessandro Castiglione no parecía conocer el significado de aquellas palabras. A pesar del calor reinante, vestía un traje exquisito y una camisa hecha a mano. La única concesión al ambiente mediterráneo era el color marfil de su traje, la camisa con el cuello desabrochado y la corbata morada que asomaba por su bolsillo.

Michelle tragó con esfuerzo. Había pasado el momento de practicar su bienvenida.

–*Buongiorno*, *signor* Castiglione. Me llamo Michelle Spicer y voy a ocuparme de cuidar de usted durante su estancia en Jolie Fleur.

El pálido y aristocrático rostro del invitado se tensó visiblemente.

–No necesito que se ocupen de mí. Por eso me he

ido del barco. Había demasiada gente persiguiéndome. Lo único que hacen es estorbar – dijo en un inglés impecable, hablado con el acento de un César. Aquello apartó todo pensamiento de la mente de Michelle, excepto el temor a explicar por qué estaba haciendo el ridículo.

De pronto, la expresión de Alessandro Castiglione cambió de distraída a pensativa. Se detuvo. Michelle trató de dar un paso atrás, pero sus talones chocaron contra la puerta. No había escapatoria. Permaneció quieta y aterrorizada mientras él la observaba. Trató de decirse que aquello no era más que un trabajo más y que en realidad le daba igual la impresión que pudiera estar causando al invitado. Pero lo cierto era que no le daba igual. El servicio doméstico debía ser invisible y silencioso. Sin embargo, allí estaba ella, atrapada y sin posibilidad de escape. Era difícil resultar más visible.

«¿Por qué tiene que ser tan atractivo?», se preguntó. «La situación no sería tan embarazosa si fuera viejo, o feo, o si despotricara... cualquier cosa sería mejor que este silencioso y lento interrogatorio...».

–¡Vaya! ¿Qué sucede aquí? –dijo finalmente Alessandro Castiglione–. Está atrapada.

«Dime algo que no sepa», pensó Michelle, aunque asintió y trató de sonreír.

–Soy la encargada de Jolie Fleur y voy a hacer todo lo posible para que su estancia aquí resulte agradable... –«aunque no sé cómo voy a arreglármelas desde aquí», añadió para sí en silencio.

–¿Todo? –repitió Alessandro Castiglione a la vez que alzaba una ceja con expresión irónica–. ¿Quiere decir que mis deseos son órdenes para usted? Dado que se encuentra atrapada, esa afirmación podría resultar un poco peligrosa, *signorina*.

Abochornada, Michelle balbuceó unas palabras incomprensibles. Pero no tendría por qué haberse molestado. Al parecer, Alessandro Castiglione estaba especialmente interesado en su problema.

–Yo también estaba atrapado... en el maldito barco –dijo él en tono casi compasivo.

Tras un momento de duda, Michelle hizo acopio de todo su valor y trató de dar una explicación.

–La puerta se ha cerrado a causa de la corriente cuando ha aterrizado el helicóptero. La llave está en mi bolsillo, pero no puedo alcanzarla –dijo con un hilillo de voz que apenas pudo reconocer como suya.

Para su sorpresa, Alessandro Castiglione asintió con expresión comprensiva.

–Debería tener más cuidado. Esa puerta es muy pesada, Michelle. Tiene suerte de que sólo haya atrapado su vestido. Podrían haber sido sus dedos.

Los latidos del corazón de Michelle arreciaron. Mirar aquellos ojos marrones estaba ejerciendo un efecto muy extraño en ella. Ya no importaba ninguna de las cosas malas que le habían contado sobre Alessandro Castiglione. Aquel hombre había pasado por mucho. Se podía apreciar en su rostro. Debía estar cerca de los cuarenta, y las pequeñas arrugas que había en torno a sus ojos añadían carácter a sus rasgos... aunque lo que más le gustaba a Michelle era su sonrisa.

Trató de hablar, pero tuvo que carraspear antes para poder hacerlo.

–Las llaves están en mi bolsillo, pero no puedo alcanzarlas.

–En ese caso, el problema puede ser fácilmente resuelto –dijo Alessandro Castiglione mientras avanzaba hacia ella.

La temperatura de Michelle empezó a subir. Cuanto más se acercaba aquel hombre, más atractivo le parecía. Su aura de seguridad debería haber servido para relajarla, pero tuvo el efecto exactamente contrario. No había nada que mirar excepto a él. Se vio arrastrada por la profundidad de sus ojos y pudo contemplarlos todo lo que quiso. Alessandro Castiglione estaba demasiado ocupado como para fijarse. Estaba concentrado en su cintura.

–¿No puede darse la vuelta?

–¿Cómo? Estoy atrapada.

–Así –dijo Alessandro Castiglione, que se detuvo a escasos milímetros de ella.

Michelle alzó sus ojos color avellana hacia él con evidente ansiedad. Cuando Alessandro apoyó las manos en sus hombros, no pudo evitar dar un respingo.

Él rió.

–Cualquiera pensaría que soy un monstruo, Michelle.

–Lo siento...

–No se preocupe. Ya he tenido mi cuota de vírgenes por hoy –tras decir aquello, Alessandro le hizo volverse hacia la derecha.

Michelle se encontró de cara a la puerta. Ya no podía ver al señor Castiglione, pero tampoco necesitaba verlo. Su mera presencia le estaba enviando suficientes vibraciones para hacerle comprender que estaba totalmente centrado en su tarea.

–Así tiene más sitio, ¿no? –preguntó él con su profunda voz.

Michelle lo intentó, pero apenas pudo moverse.

–Sí, pero no es suficiente. Aún no puedo alcanzar el bolsillo con la mano.

–¿Y si lo intento yo?

Michelle asintió. Cuando Alessandro deslizó la mano sobre ella, se quedó como hipnotizada. Fue como una caricia. Trató de controlar el ritmo de su respiración, pero fue imposible.

–No... por favor... no haga eso... –murmuró, pero su protesta no sonó nada convincente.

Alessandro detuvo su mano, pero no la apartó. Michelle sintió que el calor que desprendía atravesaba la tela de su vestido .

–¿Qué sucede, Michelle?

Ella presionó la mejilla contra el panel de la puerta y trató de calmarse.

–Nada –dijo.

«Pero es la primera vez que me toca un hombre», pensó.

Alessandro reanudó el movimiento de su mano. Cuando encontró el bolsillo, deslizó la mano en su interior y tomó la llave.

–Ahora me temo que voy a tener que acercarme aún más para introducirla en la cerradura.

Michelle no pudo hablar. Alessandro Castiglione tuvo que apoyarse contra ella mientras buscaba la cerradura. La sensación de su aliento en el pelo ya resultaba lo suficientemente embriagadora.

Finalmente se escuchó un clic y la puerta se abrió. Alessandro Castiglione dio un paso atrás.

–Ya está libre –dijo, y señaló el vestíbulo con un gesto de la cabeza a la vez que sonreía.

Michelle no pudo evitar sentirse maravillada ante

su sonrisa. Entonces, la brisa volvió a soplar y la puerta empezó a cerrarse de nuevo. Alargó automáticamente una mano para impedirlo a la vez que lo hacía él y sus manos se encontraron. Algo muy parecido a una descarga eléctrica recorrió el cuerpo de Michelle, que apartó la suya de inmediato.

–Gracias, señor Castiglione. Voy a mostrarle su suite. Luego le daré una vuelta por Jolie Fleur...

–No hace falta –interrumpió Alessandro–. No tiene por qué preocuparse por mí. Vaya a hacer lo que tenga que hacer. Soy perfectamente capaz de encontrar el camino por mi cuenta.

–Por supuesto, señor Castiglione.

Michelle inclinó educadamente la cabeza y se alejó de él.

–¿Adónde va?

–Voy a cambiarme... mi vestido ha quedado completamente arrugado. Vivo en la casa estudio, que está en los terrenos de la villa.

Alessandro frunció el ceño.

–¿Por qué no vive en la casa principal?

–Éste es sólo un trabajo temporal y, dada la situación, no encajo en ningún lugar de la casa.

–Pero Terence Barlett me dijo que su casa estaba vacía; tiene que haber habitaciones de sobra. Todo su personal de servicio está con él en el yate. Ése es el único motivo por el que le pedí que me dejara aquí en lugar de llevarme a casa. Yo tengo aún más empleados que él –dijo Alessandro sin ningún entusiasmo.

–Lo cierto es que prefiero no alojarme en la casa principal –dijo Michelle–. Me gusta estar sola, de manera que el estudio es ideal para mí.

–¿Es un estudio artístico?

Michelle asintió.

–Hay mucho material y cosas almacenadas en él, pero nada ha sido utilizado, o ni siquiera abierto.

–Terence hizo que lo construyeran con intención de coquetear un poco con la pintura, pero nunca ha tenido tiempo de utilizarlo. Ni el talento necesario para ello –añadió Alessandro con pesar–. ¿Es una buena construcción?

–Es magnífica, señor –dijo Michelle con una sonrisa.

Vivir en un lugar en el que algún día podrían producirse obras de arte era otro de los motivos por los que a Michelle le gustaba estar en Jolie Fleur. Ojalá hubiera tenido ella la mitad del material que se hallaba abandonado en el estudio. Pero enseguida se recordó que no le habría servido de nada, ya que ni siguiera tenía el valor para intentarlo.

–¿Puedo echar un vistazo al estudio?

Michelle sabía que no podía negarse. A fin de cuentas, Alessandro era el jefe. Asintió. Normalmente, la idea de que un hombre entrara en su espacio personal no le habría hecho ninguna gracia. Sin embargo, había algo en aquél que hizo que su petición le resultara muy natural. No quería disgustarlo, pero ése no era el único motivo. En los pocos minutos transcurridos desde que había aterrizado, se había dado cuenta de algo. Era posible que Alessandro Castiglione estuviera acostumbrado a la compañía de estrellas y multimillonarios, pero también era la persona más natural y menos afectada que había conocido nunca. Y tampoco le gustaba malgastar palabras. Aquello era algo más a su favor. Michelle prefería un jefe que se mantuviera en silencio y le permitiera hacer las cosas a su ritmo, aunque el magnético señor Castiglione podía llegar a ser todo un reto. Pero ella conocía su lugar. Alessandro Castiglione estaba de vacaciones y su trabajo consistía en hacerle la estancia lo más agradable posible a la vez que se mantenía fuera de su camino.

No pudo evitar preguntarse si pensaría pasar mucho tiempo en la villa o si iba a dedicarse a viajar. E, hiciera lo que hiciese, ¿tendría compañía? Empezó a pensar que mantener discretamente vigilado a aquel hombre tan atractivo podría resultar más divertido que ocultarse completamente de él...

Capítulo 2

MICHELLE abrió las puertas deslizantes del estudio y se apartó para dejar pasar a Alessandro Castiglione.

–Es impresionante –dijo él mientras miraba en torno al cuarto de estar, lleno de cajas de pintura y de cubos de almacenamiento.

Entró en la cocina y asintió con aprecio al ver el enorme fregadero de doble seno que incluía.

–No costaría mucho tirar esta pared para aprovechar más el espacio –murmuró para sí.

Michelle permaneció en silencio mientras él seguía examinando el lugar. Le resultaba fascinante observarlo, pero, cada vez que él la atrapaba haciéndolo, sonreía y ella se ruborizaba. Su huésped sabía con exactitud el efecto que ejercía sobre ella.

–No sabía que Terence tuviera tantos libros de arte –dijo Alessandro mientras deslizaba una mano por el lomo de los libros alineados en una estantería. Pero fue un volumen abierto sobre la mesa el que llamó especialmente su atención–. Rafael. Uno de mis pintores favoritos. ¿Puedo tomarlo prestado? –preguntó mientras lo ojeaba.

Michelle se sintió como si le hubieran arrancado el corazón. Sabía exactamente lo que estaba sintiendo Alessandro porque ella lo había experimentado muchas veces. Pero vio que dejaba de sonreír cuando llegó a la guarda del libro.

–*Regalo para Michelle Spicer como parte del premio Lawrence Prize por la mejor carpeta de trabajo del año* –leyó en alto, y luego miró a Michelle, sonriente–. Así que el libro es tuyo.

Michelle asintió, pero no dijo nada. Pero al ver que Alessandro volvía a dejar el libro en la mesa se quedó desconcertada.

–¿No va a llevárselo, *signor*?

–No podría hacerlo. Es suyo y debe significar mucho para usted.

–Así es... pero si quiere llevárselo...

–Gracias. Se lo devolveré en cuanto pueda –Alessandro volvió a tomar el libro y palmeó la portada–. Éste debe de ser un lugar muy inspirador para un artista. ¿Cuántos dibujos ha hecho desde que está aquí?

–Ninguno, *signor*. Siempre hay mucho que hacer.

Alessandro asintió.

–¿Y dónde está ahora su carpeta de trabajos? ¿La tiene aquí?

–Se quemó.

–Lo siento –dijo Alessandro, sinceramente conmovido–. Me habría gustado verlo. Pero no se preocupe. No seré un invitado exigente. Mientras yo esté aquí, tendrá tiempo de sobra para su arte.

Y fue cierto. A lo largo de los días que siguieron, Michelle tuvo bastante más tiempo libre que hasta entonces, lo que le permitió abrir su caja de dibujo por primera vez desde que había llegado a Francia.

Sus esfuerzos por esbozar la villa y sus alrededores no fueron especialmente exitosos. Cada vez que veía a Alessandro escondía el cuaderno por si quería echarle un vistazo. No podía soportar enseñar sus dibujos a nadie. Sólo había ganado el premio Lawrence porque una tutora había revisado su carpeta sin que ella lo supiera.

Le sorprendía lo a menudo que topaba con Alessandro por la finca. Él siempre le sonreía y a menudo intercambiaban unas palabras. Michelle estaba intrigada. Cuando estaban en la casa, los miembros de la familia y sus invitados solían pasar el día dentro, ocupados con sus ordenadores y sus teléfonos móviles. Al parecer, a Alessandro le gustaba tanto el aire fresco como a ella.

En una ocasión, mientras paseaba, Michelle escuchó el sonido de un móvil que dejó de sonar abruptamente. Más tarde, cuando fue a por agua para regar las plantas, averiguó por qué. En el fondo del tanque de agua había una PDA de última generación. La sacó, la secó lo mejor que pudo y fue a buscar a Alessandro. Cuando llegó a su suite vio que junto a la puerta estaba encendida la luz roja de «no molestar», de manera que dejó la agenda digital junto a la puerta sin llamar. Una hora más tarde, Alessandro fue a buscarla mientras arreglaba los floreros del salón de música.

—Tengo algo para tirar a la basura —tomó una mano de Michelle, le puso en la palma la PDA y luego le cerró cuidadosamente los dedos sobre ella—. Dicen que necesito un descanso. Ahora que he disfrutado de unos días de descanso, tiendo a estar de acuerdo con ellos.

Mientras hablaba no soltó la mano de Michelle, que no pudo evitar recordar lo cerca que habían estado el uno del otro el día que se conocieron. Parecía menos tenso que aquel primer día, y era tan distinto al tipo obsesionado por el trabajo con que había esperado encontrarse que no pudo evitar reír.

–¡No puede tirar esto! ¡Debe de haber costado una fortuna!

–Ahora que está mojado ya no funciona. Además, sólo ha supuesto una maldición para mí.

Mirando la turbulencia de los ojos de Alessandro, Michelle tuvo que creerle. En aquel momento su corazón voló hacia él.

–No se preocupe, *signor*. Yo me ocupo –dijo con una sonrisa.

La sonrisa que le devolvió Alessandro iluminó su rostro de un modo que hizo que el corazón de Michelle dejara de latir un instante. Alessandro Castiglione era un hombre increíblemente atractivo y le estaba sonriendo...

Alessandro no era alguien con quien hubiera que andarse con pies de plomo, como el jefe de Michelle. Era mucho más abordable, pero su reputación aún le preocupaba, de manera que trataba de mantenerse fuera de su camino. A pesar de todo, en cuanto escuchaba cualquier ruido alzaba la mirada por si era él. Se encontraba buscándolo con la mirada cada dos por tres. Cuando se cruzaban en un pasillo él le sonreía, y aquel simple gesto bastaba para compensar las horas de preocupación que había pasado antes de que llegara a la villa.

Michelle solía mantenerse ocupada a lo largo del día, pero, después del trabajo, cuando regresaba al silencio de su apartamento, no lograba dejar de pensar en él, de recordar su primer encuentro.

Una tarde en que se sentía extrañamente insatisfecha, decidió acostarse pronto. Pero le resultó imposible dormir. A media noche decidió dejar de intentarlo y fue a la cocina a por unas galletas. Por lo visto, comer algo iba a ser la única forma de olvidar a su delicioso huésped. Hacía una noche sin luna y el cielo estaba cuajado de estrellas, de manera que decidió salir al porche a respirar un poco de aire fresco.

–*Buona sera*, Michelle –la voz de Alessandro llegó hasta ella a través de la penumbra reinante.

Se volvió, sorprendida. Estaba sentado en el asiento balancín que había fuera del apartamento, con un vaso en la mano. Michelle trató de cubrirse con la manos, consciente de que el camisón de encaje y satén que vestía no era precisamente lo más indicado para estar con un huésped... ¡especialmente con aquel huésped!

–¿Quiere beber algo conmigo, Michelle? –Alessandro tomó una botella de champán de la mesa y llenó su vaso. Luego lo alzó y se lo ofreció a Michelle mientras observaba su titubeante aproximación con una sonrisa.

–¿Yo?

–No veo a nadie más por aquí.

–Pero... ¡pero no puedo! No estoy vestida...

–En mi opinión estás muy bien así –la sonrisa de Alessandro reveló unos blanquísimos dientes–. No podía dormir y he salido a tomar un poco el aire. Nunca he visto unos jardines con menos sitios en los que sentarse. ¿Acaso no utilizan este lugar los Bartlett?

–Prefieren sus ordenadores. A veces enseñan los

jardines a los invitados antes de comer, pero, aparte de eso, suelo tener los jardines para mí sola.

Alessandro rió. Fue un sonido suave e íntimo, perfectamente acorde con el ambiente del anochecer.

–No esperaba que te aventuraras a salir aquí por la noche. Pareces tan tranquila y reservada...

–Me encanta salir aquí, y además es un lugar totalmente seguro.

–No me sorprende que digas eso. Las luces de seguridad de la villa se disparan a cada paso que das. Cuando estaba caminando en la terraza me he sentido como si estuviera en una producción de Broadway. Necesitaba un lugar más relajante.

Alessandro vestía una camisa blanca con el cuello abierto, y la fragancia mezcla de colonia y olor masculino que emanaba de él resultaba increíblemente sexy. El fresco vaso que Michelle sostenía entre las manos no bastó para calmar sus pensamientos. Tomó un sorbo y tosió, pues no estaba acostumbrada a las burbujas del champán.

–El champán es mi vicio secreto –Alessandro rió mientras Michelle se sentaba–. He conocido al jardinero esta tarde. Está muy orgulloso de sus fresas. Como no han aparecido en el menú de la tarde, he hecho una pequeña incursión y recogido algunas. ¿Se te ocurre una forma mejor de disfrutar de una noche sin sueño?

Michelle se fijó en el plato que había en la mesa. Alessandro tomó un par de fresas y las dejó caer en el vaso de champán.

–El toque perfecto final –murmuró mientras la miraba.

Michelle se llevó el vaso a los labios y aspiró con

placer el aroma de la fruta mezclada con el champán.

Alessandro sonrió. Las mujeres eran uno de sus placeres favoritos, pero la señorita Michelle Spicer no se parecía a ninguna que hubiera conocido antes. Era tan refrescante como un vaso de Vernaccia frío. Por la semisonrisa que iluminaba su rostro cada vez que tomaba un sorbo, supo que beber champán no era algo habitual para ella.

Había olvidado por completo lo corto que era su camisón y lo generoso que era su escote. Sólo una mujer que pasara mucho tiempo estudiando la forma de otras cosas podía ser tan inconsciente de su propia belleza. Alessandro sabía mucho de mujeres. Todas jugaban con el efecto que podían ejercer sobre un hombre. Sin embargo, la actitud de Michelle parecía totalmente inocente.

–Las fresas están especialmente buenas cuando se han empapado de champán.

Michelle sonrió e introdujo las fresas en su boca. Nunca había probado algo tan especial y delicioso. Eran tan suaves y dulces como el beso de un ángel. Aquel pensamiento hizo una conexión en su mente.

Miró tímidamente a Alessandro. Su perfil era sensacional mientras contemplaba el cielo estrellado. Imaginó sus labios haciéndole promesas con bellas palabras murmuradas sólo para ella, acariciándole la piel... Estar sentada junto a él en aquellos momentos era una frágil burbuja de felicidad. El coro de insectos, la fresca brisa y el perfume de la fruta y de las flores se sumaba a la magia del momento.

Alessandro se volvió a mirarla y rió quedamente.

–Fresas, champán y un desconocido después de

medianoche... Veo que te lo tomas todo con calma –bromeó.

El cálido murmullo de su voz hizo que Michelle se estremeciera. Alessandro lo notó.

–Tienes frío... *dannazione!* Si hubiera traído la chaqueta, te la ofrecería. ¿Por qué no vas dentro a por algo?

–No tengo nada –replicó Michelle, con la esperanza de que la creyera. Aquel momento era demasiado precioso como para estropearlo levantándose.

–Entonces siéntate más cerca de mí. Así podré protegerte del aire fresco.

–No tengo frío –«al menos ya no», pensó Michelle mientras respiraba profundamente.

Se preguntó qué hacer si Alessandro insistía en que se acercara a él. Dudó entre hacer lo correcto e imaginar lo maravilloso que sería hacer lo incorrecto. Para ella, aquello era un sueño hecho realidad. Aspiró con fruición la fragancia de la noche y empezó a perderse en sus fantasías.

–Así es como imagino que sería un auténtico jardín inglés –dijo finalmente.

–¿Sientes nostalgia de tu tierra

–¡Oh, lo siento, *signor*! No pretendía decir eso en alto.

–No te preocupes –la voz de Alessandro sonó grave y seductora–. Y ya que yo te estoy tuteando, tú deberías hacer lo mismo y llamarme Alessandro.

Michelle se tensó al escuchar aquello y se concentró en las fresas que aún había en el fondo del vaso. Alessandro le alcanzó una cucharilla y ella fue saboreándolas una a una.

–No has contestado a mi pregunta, Michelle. ¿Sientes nostalgia?

–No, en absoluto. A menos que cuente echar de menos tu casa... –Michelle se interrumpió, recordó que aquella parte de su vida había terminado y sonrió–. Aunque ya he dejado atrás todo eso. Ahora soy un agente libre –al ver que Alessandro alzaba las cejas se apresuró a dar explicaciones–. Me refiero a que ya no tengo casa en Inglaterra. Lo cierto es que nunca conseguí mi deseo de tener una casita como ésta, con rosas y flores alrededor.

–Esto no es una casa, es un estudio... un estudio que tenía esperanza de poder utilizar –dijo Alessandro con suavidad.

Michelle captó rápidamente el matiz de pesar de su tono.

–Puede trabajar desde la casa, *signor*... –él le lanzó una mirada de advertencia y ella se corrigió rápidamente–: Alessandro, quería decir. Deberías haber dejado que te enseñara la casa. Está organizada como una oficina satélite. Tiene de todo, desde...

Alessandro alzó una mano para silenciarla.

–Esto es todo lo que necesito de momento, un poco de paz y tranquilidad. Esta noche sólo quiero beber en este ambiente, bajo la luz de las estrellas –señaló el cielo y Michelle alzó la mirada–. ¿Has visto alguna vez algo más maravilloso?

Michelle negó con la cabeza, aunque mientras estaba pensando que él era aún más maravilloso. Las emociones que estaba experimentando eran un auténtico caos. En parte, quería que Alessandro dijera más. Su seducción habría resultado especialmente dulce bajo aquel cielo estrellado. Pero educación le impedía dejarse llevar.

Su madre le había inculcado desde niña que los

hombres no eran de fiar. Desde luego, ninguno se había quedado mucho con ellas después de conocer a la temible señora Spicer. Debido a ello, Michelle no era capaz de disfrutar plenamente la experiencia de estar a solas con un hombre tan atractivo en una situación tan tentadora. Estaba demasiado ocupada buscando indicios de advertencia.

Pero si Alessandro notó lo tensa que estaba no dio señas de ello.

–Creo que ésta es la tarde noche más milagrosa que he experimentado nunca –Alessandro tomó el vaso de champán y la cucharilla que sostenía Michelle en la mano. Sonrió y alzó el vaso en señal de brindis–. Gracias por compartirla conmigo.

Michelle estaba anonadada. Nadie le había dicho nunca algo así.

–Si alguna vez quieres algo, sólo tienes que pedirlo, Alessandro –susurró.

Él dejó el vaso en la mesa.

–Esas palabras pueden resultar peligrosas, Michelle –dijo, y la provocativa expresión de su mirada hizo que el corazón de Michelle casi se detuviera–. Pero... si estás segura de que de verdad no te importa, tal vez podrías hacerme un favor.

–¿Qué favor? –preguntó Michelle con demasiada premura.

La boca se Alessandro se distendió en una amplia y tentadora sonrisa.

–¿Qué te parecería trasladarte a la casa principal mientras me aloje aquí?

Capítulo 3

MICHELLE se quedó mirándolo, incapaz de pronunciar palabra. Alessandro se inclinó hacia ella y añadió con picardía:

–Imagino lo traviesa que te hará sentirte, pero no te preocupes. Lo mantendremos en secreto. Nadie tiene por qué saberlo.

–¿Qué estás diciendo? –preguntó Michelle con un hilillo de voz a la vez que bajaba la mirada, intensamente ruborizada. Cuando volvió a alzarla, la comprensiva sonrisa de Alessandro le produjo un agradable cosquilleo por todo el cuerpo.

–Quiero utilizar tu estudio para pintar. Sé que te gusta mantener las distancias con el resto del servicio, pero ahora no hay nadie aquí. Podrías trasladarte a la casa una temporada y darme libertad para estar aquí. Confía en mí. No hay nada más íntimo en oferta.

En el silencio que siguió a las palabras de Alessandro, Michelle se hizo dolorosamente consciente de un sonido en el interior de su cabeza. Eran todos sus sueños convirtiéndose en polvo.

–A menos que tú tengas algo más íntimo en mente... –añadió Alessandro.

Michelle sintió el peligro que se desprendía de aquellas palabras. Era posible que su madre hubiera logrado espantar a todos sus novios en el pasado, pero en lo referente a Alessandro Castiglione no necesitaba experiencia previa. Aquel hombre era la seducción hecha carne.

Empezó a moverse en el asiento, inquieta. Extrañas sensaciones recorrían su cuerpo cada vez que lo miraba. Nunca había experimentado nada parecido.

—¿Qué sucede, *cara*? —preguntó Alessandro a la vez que apoyaba un brazo en el respaldo del balancín.

Michelle se levantó rápidamente.

—No me gusta esto.

Alessandro rió. Fue un sonido grave y provocativo.

—¿No? Yo creo que te gusta mucho.

Michelle no pudo responder. Decir la verdad en un momento como aquél sólo le serviría para meterse en problemas.

—Esta noche nos pertenece a ti y a mí, Michelle. No hay espectadores, ni nadie escuchando tras las puertas. Por una vez somos libres para ser nosotros mismos.

Alessandro la miró de arriba abajo con ojo experto. Michelle se sintió como una conejita arrinconada por un atractivo zorro. Volvió a sentarse, ligeramente sorprendida por su propio coraje. Una lenta sonrisa iluminó los ojos de Alessandro a la vez que estiraba las piernas ante sí. El lenguaje de su cuerpo y su expresión eran tan abiertos e incitantes... Parecía un hombre completamente distinto al profesional hastiado de la vida que había llegado a la villa hacía unos días.

Michelle contuvo el aliento. Alessandro era maravilloso. «Maravillosamente peligroso», se recordó. Algo en su mirada le advertía que debía tener cuidado. Ella estaba allí contratada temporalmente como parte del servicio. Sería una locura alentar a Alessandro. Aquel hombre había aparecido en su vida de la nada y desaparecería a la misma velocidad.

–¿Quiere un poco más de champán, *signor*?

Alessandro negó con la cabeza y Michelle frunció los labios. Debía de pensar que era una completa ingenua por ponerse a hablar del champán cuando podía haber mucho más en oferta.

–Entonces... ¿qué respondes? –preguntó Alessandro–. ¿Estás dispuesta a trasladarte para que yo utilice el estudio de Terence? El cambio nos haría bien a los dos.

Michelle sintió que aquello era lo último que debería hacer. Por otro lado, quería demostrar que no era una tonta ni una ingenua. Alessandro había parecido tan agobiado por las preocupaciones a su llegada...Ya parecía bastante recuperado, pero tal vez se recuperaría aún más si ella cedía. Se suponía que la música podía hacer maravillas como forma de terapia. Era posible que la pintura pudiera ejercer el mismo efecto sobre él.

–De acuerdo –aceptó finalmente.

–Bien. Acabas de hacer feliz a un millonario agotado.

Alessandro rió con suavidad tras decir aquello.

Michelle notó que no había dicho aquello por decirlo. Sus palabras habían sonado huecas, y su mirada hablaba de algo más profundo de lo que habían revelado sus palabras. Se estremeció, y Alessandro salió de su ensimismamiento.

–Tienes frío. No quiero tenerte más tiempo fuera de la cama, Michelle. Ya me voy –se levantó, se inclinó hacia ella, tomó su mano y se la llevó a los labios para besarla.

El roce de sus labios fue como el de las alas de una mariposa sobre la piel de Michelle, pero quemó con la pasión que alimentaba su vida.

–*Buona notte*, Michelle. Dulces sueños –añadió con un matiz de travesura mientras se alejaba.

Michelle lo observó hasta que desapareció tras la puerta de la villa. Luego se levantó y volvió lentamente al estudio. ¿Cómo podía haber estado tan equivocada respecto a él? Aunque no había duda de que bajo su atractivo exterior el señor Alessandro Castiglione era implacable, aquella noche había resultado devastadoramente encantador.

Michelle puso el despertador a las cuatro de la mañana, pero ya estaba despierta cuando sonó. El recuerdo de la visita de Alessandro a media noche aún seguía fresco en su mente.

Le llevó un rato recoger sus cosas. Cuando terminó amontonó las cosas en el umbral de entrada al estudio y luego se duchó y se puso el biquini. Apenas había dormido aquella noche, y nadar un poco en la piscina le vendría bien para despejarse.

Antes de salir se puso la bata para el breve paseo que llevaba del estudio a la casa. Al rodear el seto que separaba la piscina del resto de los jardines se detuvo en seco. Alessandro ya estaba en el agua, nadando como si hubiera nacido en ella.

–*Buongiorno*, Michelle –saludó alzando una mano

y el agua se deslizó a lo largo de sus musculosos miembros. Luego nadó hasta el borde de la piscina, apoyó un brazo en él y la miró con evidente aprecio–. El agua está fría, pero es la mejor forma de despejarse por la mañana. Anímate.

–Eh... no, gracias. No he venido a nadar. Yo... sólo quería dar un paseo por el jardín –murmuró Michelle.

La tentación de mirar era irresistible, pero trató de comportarse como si ver hombres musculosos semidesnudos formara parte habitual de su vida diaria.

–Si no has venido a nadar, ¿por qué llevas el biquini? –añadió Alessandro.

Michelle bajó la mirada y vio que la bata se le había entreabierto durante el paseo. La ciñó firmemente a su cintura.

–¿A qué estás esperando? –insistió él–. Reúnete conmigo.

Michelle jugueteó nerviosamente con el cinturón de su bata.

–No puedo hacerlo... Yo sólo trabajo aquí. Tú eres un invitado.

–Y te estoy invitando a meterte en el agua. No hay ninguna regla que diga que no puedo hacerlo, ¿no?

Con su cuerpo reaccionando ante la magnífica vista que regalaba sus ojos, Michelle no supo qué hacer. El instinto le decía que corriera el riesgo, pero su sentido de la decencia le decía que huyera.

–Lo siento, Alessandro –dijo con más firmeza de la que esperaba–. Éste no es mi sitio.

Alessandro estaba flotando de espaldas, observándola. Cuando Michelle dijo aquello, se irguió en medio de una nube de gotas. Michelle no logró apartar la mirada. Tenía un aspecto magnífico. Casi dos metros de ceñidos músculos y una piel inmaculada, con el tono pálido de alguien que se pasaba el día tras un escritorio pero que podía tostarse en muy poco tiempo.

Alessandro rió al ver su expresión y dijo lo que Michelle necesitaba escuchar para recibir el empujón que necesitaba.

—Si estás decidida a ser un miembro fiel del servicio, yo también me voy a ceñir a las reglas. Voy a darte una orden directa. Disfrutar de la vida es bueno... así que entra en la piscina y empieza a hacerlo.

Michelle había sido educada para cumplir órdenes. Pero aquella orden le produjo un delicioso cosquilleo por todo el cuerpo.

Se desprendió de la bata y se lanzó directamente al agua. Una vez bajo su superficie, la sensación de libertad que experimentó bastó para que se relajara. Cuando afloró a la superficie lo hizo riendo y salpicando. Al mirar a su alrededor para orientarse vio la cabeza de Alessandro sumergida en el agua. De pronto sintió sus manos en las piernas. Sin apenas rozarla, las deslizó hacia arriba por su cuerpo y luego se alejó nadando hasta un lateral de la piscina. Michelle lo alcanzó un momento después, jadeante.

—No me des sustos en el agua, por favor, Alessandro. ¡No soy una gran nadadora!

Al sonreír, Alessandro mostró una hilera de dientes perfectos.

—A mí me ha parecido bastante impresionante cómo te has tirado.

Michelle rió.

–Así se supera antes la conmoción del agua fría. Prefiero hacer eso que sufrir metiéndome poco a poco.

Mientras ella hablaba, Alessandro miró sus piernas a través del agua. Michelle se ruborizó.

–Eres una atleta –Alessandro señaló las pálidas marcas expuestas por su biquini–. Se nota por tu bronceado.

Michelle no pudo evitar reír al escuchar el acento italiano con que pronunció aquella palabra.

–No soy ninguna atleta. Simplemente corro un poco cuando tengo tiempo. Me ayuda a pensar en mis problemas.

–Me sorprende que una mujer joven y bonita como tú tenga problemas. El perfecto estado de limpieza de la villa demuestra lo buena que eres en tu trabajo. ¿De qué más tendrías que preocuparte?

–Mi madre murió en abril.

La expresión de Alessandro se suavizó.

–Lo siento.

Michelle se abofeteó mentalmente por haber preocupado a un huésped de la villa con sus asuntos, y habló rápidamente para aligerar la situación.

–No tienes por qué sentirlo. Nunca fuimos especialmente cercanas.

–Cercanas –repitió Alessandro, y su expresión se volvió más cerrada. Bajó la mirada hacia el agua–. Algunas relaciones son una pérdida de tiempo. Mi propia madre habría sido incapaz de reconocerme en una ronda de reconocimiento policial.

Michelle se quedó tan asombrada que olvidó sus modales.

–No lo dices en serio.

Alessandro miró hacia el herbario del jardín. Michelle supuso que no estaba precisamente admirando el tomillo ornamental.

–Todo lo que he logrado en mi vida ha sido a pesar de mi familia, no gracias a ella.

Michelle se preguntó si aquel comentario tendría algo que ver con los familiares a los que había despedido. Decidió que era mejor no preguntar.

–En ese caso, lo siento por ti. Ni siquiera mi madre era tan desastre.

Alessandro volvió al instante la mirada hacia ella.

–No malgastes tu compasión en mí. Hacerlo podría causarte problemas.

Curiosa, Michelle ladeó la cabeza.

–A qué te refieres.

–Si sigues mirándome así, no vas a tardar en averiguarlo.

Michelle se estremeció. Las cimas de sus pezones estaban asomando contra la tela del biquini... y no sólo por frío, sino también por la forma en que Alessandro la estaba mirando. Casi podía sentirlo buceando en su alma. Nadie la había mirado nunca con tal intensidad. Si era sincera, nadie le había prestado nunca la más mínima atención. Sólo se fijaban en ella cuando no había hecho algo. La entrevista que perdió porque su madre había destrozado su carpeta de trabajos, la única ocasión en que estuvo demasiado enferma para...

–Tienes un rostro fascinante, Michelle. Deja que te dibuje –dijo Alessandro de pronto.

En todos los años que había dibujado, Michelle nunca había tenido el valor suficiente para preguntarle a un desconocido que posara para ella. Pensó en todas aquellas oportunidades perdidas y lamentó no ser tan espontánea como Alessandro.

–Yo... no sé –se apartó el pelo mojado del rostro para poder pensar un instante antes de responder–. Trabajo para el señor Bartlett, y si averigua que en lugar de estar ocupada en la casa me dedico a posar para que me dibujen...

Alessandro desestimó rápidamente su objeción.

–Ahora trabajas para mí. No para Terence.

Michelle permaneció un momento en silencio.

–Puesto así, no puedo negarme.

Alessandro sonrió.

–Sí... –dijo pensativamente–. Cuanto más te veo, más cuenta me doy de que estás malgastada aquí. Deberías ser inmortalizada de alguna manera. Y soy el hombre adecuado para hacerlo. Espera aquí. Voy a por mis cosas.

A Michelle no le quedó otra opción. Alessandro salió rápidamente de la piscina, se puso su albornoz y se alejó a paso ligero hacia la casa.

Michelle sabía que debería estar sintiendo frío, pero no era así. La visión de los músculos de Alessandro brillando a causa del agua había despertado un incendio en el interior de su cuerpo. Alessandro Castiglione tenía mucho de qué responder. Desde el momento en que había llegado a la casa había invadido por completo su vida. Primero no le había dejado dormir. Luego la había excitado con sus caricias, fuera del estudio. Y ahora la había convencido para que lo esperara metida en el agua. También había invadido su mente. No lograba dejar de pensar en él. El fuerte y gran Alessandro Castiglione. Interpretaba a la perfección el papel de magnate displicente, pero sus ojos color chocolate decían otra cosa.

Estaba nadando un poco para no enfriarse cuando vio que Alessandro regresaba a la piscina. Vestía vaqueros y una camisa blanca ceñida. Los vaqueros estaban tan bien cortados que era obvio que estaban hechos a medida. En sus círculos, «informal» seguía queriendo decir «de diseño». Llevaba bajo el brazo un cuaderno forrado de cuero y en la mano una caja de metal alargada. Dejó ambas cosas junto a una de las sillas de la piscina.

–Necesito que nades unos largos para mí, Michelle. Voy a probar algunas ideas... necesito algo que haga que mis días de trabajo merezcan la pena. El arte es mi terapia.

–Y la mía. Siempre quise estudiar Bellas Artes, pero no pude terminar el curso –dijo Michelle con timidez.

Alessandro ya estaba buscando algo en su caja metálica. Eligió una barra de carboncillo e hizo unos rápidos trazos en una hoja del cuaderno.

–Una pequeña prueba para ti –mostró el cuaderno a Michelle, que se quedó asombrada al ver cómo la había retratado con aquellos escasos trazos–. Nada despacio de un lado a otro de la piscina, por favor –añadió.

Mientras la dibujaba, Alessandro no dejó de hacerle toda clase de preguntas sobre su propio trabajo. La conversación fue ligera e insustancial, hasta que preguntó algo que puso a Michelle en guardia

–¿Qué te hizo renunciar a tus estudios de arte?

Michelle se puso a nadar de espaldas para poder mirarlo.

–La respuesta es la misma que he dado a la mayoría de tus preguntas; por mi madre. Mamá no consideraba que el arte fuera un trabajo. Consideraba que en mi vida sólo había sitio para cosas útiles. De pequeña fui una decepción para ella. Ya que no podía ser guapa, tenía que ser al menos útil. «La pintura no es un trabajo. Es una pérdida de tiempo casi tan grande como la lectura» –añadió, citando literalmente a su madre.

Alessandro frunció el ceño.

–Creía que me habías dicho que tenías algunos libros en el estudio.

–Los tengo... y ése era el problema. La mayoría son libros de pintura, y mamá los odiaba. Si no estaba pintando o dibujando, estaba leyendo sobre pintura, y ella pensaba que lo hacía a propósito para fastidiarla.

–Puede que a la larga resultara bueno para ti –dijo Alessandro–. Estoy en el negocio del arte y, en mi opinión, las escuelas oficiales generan titulados demasiado parecidos entre sí.

Alessandro trabajaba deprisa, cambiando a menudo el grueso del carboncillo y probando diversos gruesos de papel. Se notaba que estaba disfrutando. Cuanto más trabajaba, más relajado se le notaba.

Finalmente dejó a un lado su trabajo y se estiró lenta y perezosamente.

–¿Dejo de nadar? –preguntó Michelle.

–Sí. Ven a tumbarte un rato en una de las tumbonas.

Alessandro observó a Michelle mientras salía del agua. Cada vez que le veía alzar un brazo se maravillaba de la perfección de sus curvas, de la naturalidad de su belleza. Cuando apartó el pelo de su rostro, sintió que su cuerpo se tensaba de anticipación. Se levantó, tomó una toalla y la envolvió en una toalla. De inmediato, Michelle tomó una punta y fue a secarse el pelo.

—Espera... déjalo así. Quiero que parezca que acabas de salir del agua y que estás disfrutando relajadamente bajo los rayos del sol.

La tomó de la mano y la condujo hasta las tumbonas. Le quitó la toalla y le pidió que se tumbara en una de ellas.

—¿Quieres que haga algo especial?

—Estás bien como estás —Alessandro la miró de arriba abajo con evidente aprecio—. Lo único que tienes que hacer es tumbarte y cerrar los ojos.

Michelle necesitó un rato para acomodarse, y un rato aún más largo para relajarse.

—Me siento un poco —dijo, aprensiva. Solía utilizar biquinis a menudo, pero aquélla era la primera vez que estaba semidesnuda y tan cerca de un hombre tan atractivo como Alessandro.

—No te preocupes. He dibujado a docenas de mujeres, y la mayoría llevaba menos ropa que tú ahora.

Michelle rió nerviosamente. Aquello le hizo sentirse más cómoda, pero no pudo evitar contraerse cuando Alessandro alargó una mano hacia ella para arreglarle el pelo.

—¿Te he molestado?

—No... en absoluto. Pero no puedo evitar reaccionar así cuando me tocan. Sé que no van a volver a golpearme, pero mi cuerpo no está tan seguro.

Trató de quitar importancia a sus palabras riendo, pero era evidente que Alessandro estaba conmocionado. Finalmente, la sonrisa de Michelle pareció tranquilizarlo.

–En ese caso, tendré mucho cuidado cada vez que te toque.

Y así fue. Cada vez que alargaba una mano hacia ella, dudaba antes de tocarla. Así, Michelle pudo disfrutar tanto del placer de la anticipación como del efecto. Y cuando la carne se le ponía de gallina no era precisamente por el frío.

Atento como siempre, Alessandro tomó una toalla.

–Avísame si tienes frío –dijo, a la vez que la deslizaba por el brazo de Michelle.

Cuando terminó y retiró la toalla, ella suspiró y cerró los ojos. Fue un sonido de completa satisfacción.

–Deja que te coloque el pelo sobre este hombro –Alessandro tomó en una mano la mojada melena de Michelle y fue colocándola mechón a mechón sobre uno de sus hombros.

La sensación de sus dedos rozándola provocó destellos de energía a través del cuerpo de Michelle. Alessandro había empezado a secar algunas gotas de agua de su piel y se estremeció. Cuando una gota de agua se deslizó hacia la generosa curva de sus pechos, él alargo un dedo para frenar su marcha...

Capítulo 4

UN GRITITO de anticipación escapó de entre los labios de Michelle.

Alessandro detuvo su mano. Estaba tan cerca de la piel de Michelle que ésta pudo sentir el calor que emanaba de ella.

—Te estás enfriando —Alessandro se echó hacia atrás y se dio una palmada en el muslo—. Vamos dentro; ya te he hecho sufrir lo suficiente. Además, he preparado una pequeña sorpresa para darte las gracias por tu paciencia.

—Oh, no deberías haberte molestado —protestó Michelle, aunque en secreto se sintió muy complacida.

Alessandro tomó dos toallas del montón apilado en la tumbona que estaba a su lado. Tras cubrir con una de ellas los hombros de Michelle, le envolvió el pelo con la otra. Luego le frotó los hombros y el pelo para que se secaran un poco. Ella disfrutó de la intimidad del momento más de lo que jamás habría imaginado.

—Esto es más que una sorpresa... ¡es una maravilla! —murmuró.

Alessandro rió.

—Esto no era la sorpresa. Tengo todo listo para que desayunemos chocolate caliente con cruasanes. Supongo que aún no has comido, ¿no?

Michelle negó con la cabeza. ¡Esperaba que los nervios no le impidieran comer! Ser atendida por uno de los invitados iba a suponer un auténtico cambio.

Al ver que Alessandro ya se encaminaba hacia la villa, lo siguió. Cuando entró en la casa redujo un poco la marcha. Jolie Fleur era su lugar de trabajo, pero aquella mañana casi estaba entrando en la casa como una invitada más. Era una casa preciosa, diez veces más grande que el diminuto apartamento que había dejado atrás en Inglaterra. Abundaban los tonos pastel y había espejos por todas partes. Trató de concentrarse en los arreglos florales que ella misma había preparado. Aquélla era una gran oportunidad para ver el lugar a través de los ojos de un visitante, y le alegró comprobar que todo tenía muy buen aspecto.

Alessandro había alabado su trabajo, y eso significaba mucho para ella. Y ahora iba a prepararle el desayuno. Nunca había sido atendida por alguien para quien trabajara, y no era probable que volviera a pasar... ¡sobre todo con alguien tan guapo y atractivo como Alessandro Castiglione! Estaba dispuesta a disfrutar de cada segundo y a prolongar la experiencia el mayor tiempo posible.

—¿A qué estás esperando? —dijo Alessandro por encima del hombro.

—¡Aún estoy asombrada ante la idea de ir a ser atendida por el soltero más cotizado del mundo! —bromeó Michelle mientras entraban en la cocina.

—Eso es sólo un titular de la prensa sensacionalista. Aún no ha nacido la mujer que pueda atraparme —Alessandro sonrió traviesamente a la vez que señalaba la puerta de la terraza–. Esto es para darte las gracias por haber hecho de modelo.

Las maravillosas vistas de la terraza estaban enmarcadas por un parterre de buganvillas. Era el marco perfecto para un desayuno. Comieron cruasanes y bizcochos con chocolate. Michelle estaba tan nerviosa que pasó más tiempo simulando contemplar las vistas que comiendo. Así podía observar mejor a Alessandro.

Él comió con apetito, y no mostró mucha paciencia con las excusas de Michelle para justificar su falta de apetito. Animada por él, acabó comiendo más de lo que esperaba. Después, mientras tomaban el café, se relajó en su asiento y trató de decidir si le gustaba más el azul del cielo o el azul del mar.

–Podría quedarme aquí todo el día –dijo finalmente.

–¿Y por qué no te quedas?

–Porque tengo trabajo, por supuesto.

Alessandro miró a su alrededor.

–A mí me parece que todo está muy limpio.

Alargó una mano y frotó unas migas de la manga de la bata de Michelle, que se puso momentáneamente tensa mientras se preguntaba hasta dónde llevaría la caricia. Pero Alessandro se limitó a mirarla larga e intensamente, con la misma expresión que tenía cuando la estaba dibujando.

–No me llevará mucho rato instalarme en el estudio. En cuanto acabe empezaré a planear adecuadamente mi próximo cuadro. Espero que estés preparada para que te persiga día y noche, hasta que haya captado adecuadamente todos tus rasgos, ¿de acuerdo?

«Si supieras cómo me persigues ya», pensó Michelle. «Tú eres la causa de que no logre dormir bien». Sentía una deliciosa tensión en su interior cada vez que miraba los ojos marrones de Alessandro.

Entonces él miró su reloj y el momento se evaporó.

–¿A qué hora llega el conserje?

Michelle supo al instante que la fantasía había acabado. Alessandro se estaba despidiendo. Por mucho que le apeteciera quedarse, sabía que era lo mejor. Si el conserje llegara a tiempo de verla saliendo de la casa en bata, las habladurías no tendría fin. Tardó todo lo posible en recoger las cosas del desayuno y en llenar el friegaplatos, sólo para estar más tiempo cerca de él. Pero, por mucho que lo retrasara, el momento de la verdad tenía que llegar.

–Muchas gracias por el desayuno, Alessandro –dijo finalmente–. Ahora debo irme.

–Adiós, Michelle.

Michelle salió de la casa sintiéndose decepcionada. Alessandro había cambiado en un instante, casi como si hubiera sentido que ella empezaba a hacerse ideas sobre él. La actitud que había mostrado en la piscina había sido tan relajada y encantadora que había evocado toda clase de absurdas posibilidades en su cabeza. Pero en aquellos momentos Alessandro parecía estar esforzándose por alzar una barrera de indiferencia entre ellos. No pudo evitar preguntarse por qué... ni soñar sobre lo que podía hacer al respecto.

Alessandro estuvo inquieto todo el día. No pudo concentrarse en nada. El periódico de la mañana no le reveló nada que no supiera. Al abrir el libro que le había dejado Michelle captó un toque de su perfume. Miró las páginas, pero apenas pudo concentrarse en el texto.

Michelle trabajaba silenciosamente en la casa, arreglando los floreros, amontonando bandejas, recolocando los cojines. En ningún momento tomó la iniciativa, pero cuando él le hablaba hacía una pausa y contestaba tímidamente, bien fuera sobre los cuadros de Raphael, el menú del día, o sobre algo tan trivial como el tiempo.

Aquel día, Alessandro comió en el jardín, pero aquello tampoco ayudó. Michelle también había salido y estaba recogiendo lavanda en el herbario. No podía verla desde su asiento en la terraza, pero el sonido de las tijeras y la fragancia de las flores le reveló lo que estaba haciendo. Aquello le recordó su conversación nocturna, lo que le hizo visualizar con tal detalle a Michelle que empezó a dibujarla de memoria.

Las mujeres del círculo en que solía moverse no solían poseer la sinceridad y la belleza natural de Michelle. Era única. Su propia madre había sido una simple dependienta hasta que el viejo Sandro Castiglione trató de impulsarla hacia arriba por la escalera del estatus social. Ella adoró el estilo de vida, pero odió la vida. Todos los hombres Castiglione vivieron para lamentar haber estado relacionados con ella. Alessandro hizo una mueca al recordar. Ahora su mundo estaba lleno de mujeres que no paraban de ropas y maquillajes como si significaran algo. Para él eran un completo misterio.

Aún siendo joven había descubierto que, cuanto más dinero se daba a las mujeres, más ruidosas se volvían sus exigencias. Hubo una mujer que tomó todo lo que él tenía en oferta, y más. Luego, cuando menos lo esperaba, estuvo a punto de destruirlo. Lo había utilizado como títere para poner celoso a su marido. La experiencia era una dura maestra. A partir de entonces Alessandro había tomado el control sobre su vida. Era la única forma de disfrutarla.

Pasó el resto del día trabajando en los bocetos que había hecho de Michelle. Aquello hizo que su sensación de insatisfacción aumentara. Michelle le aseguró que no le molestaba que la distrajera para comprobar la curva exacta de sus hombros o el tamaño preciso de sus ojos. En cada ocasión, Alessandro prometía que sería la última. Admiraba el modo en que Michelle simulaba sentirse decepcionada, con una habilidad casi profesional para lograrlo.

Cuando empezó a atardecer se encerró en el estudio, decidido a seguir con su trabajo. A fin de cuentas, el lugar era perfecto. La luz era magnífica, no había distracciones, tenía sitio para todos sus utensilios... Lo único que le faltaba era una modelo real. Se planteó de ir a buscar el original por quinta y última vez, pero no podía volver a molestarla. A veces había límites incluso para él.

Finalmente, dejó a un lado sus cuadernos y sus lápices y salió a dar un paseo por el jardín. Divisó a Michelle casi de inmediato, antes de que ella lo viera a él. Estaba de pie sobre la hierba, a unos cincuenta metros del estudio, contemplando la hilera de flores que bordeaba el sendero. Una ligera brisa ceñía a su cuerpo la fina tela de algodón de su uniforme. La delicada curva de sus pechos contrastaba con su pequeña y bien definida cintura. Alessandro se fijó en todo aquello con mirada de pintor... pero la testosterona agudizó su atención en otra serie de detalles.

Bajo el vestido, su columna se curvaba hasta el inicio de su trasero... que sin duda sería suave y tendría la delicada y tersa piel de un melocotón. También recordó sus largas y esbeltas piernas en la piscina aquella mañana...

La excitación lo impulsó a seguir contemplándola mientras avanzaba. Cuando Michelle se volvió hacia él, entreabrió los labios como si estuviera a punto de decir algo.

Pero no hacían falta palabras. Alessandro alargó las manos cuando se acercó a ella y la tomó entre sus brazos.

La conmoción que experimentó Michelle fue tan intensa como su deseo. Trató de hablar, pero en cuanto sintió el calor del cuerpo de Alessandro contra el suyo supo que estaba perdida. Entonces él se inclinó y la besó con una pasión tan primitiva que todas sus inhibiciones se esfumaron. Michelle le devolvió el beso con el corazón desbocado. Estaba siendo saboreada por el hombre que colmaba sus días y sus noches.

Se aferró a él como si no fuera a soltarlo nunca y deslizó una mano por su espalda. Alessandro respondió estrechándola contra su cuerpo. Era suya. Aturdida por las emociones que la embargaban, Michelle supo que en su interior se estaban desatando sentimientos que no podía controlar. Un deseo urgente, ardiente, recorría sus venas como una marejada.

Nunca se había sentido así. Su cuerpo reaccionaba por puro instinto, abierto a todas las sensaciones que Alessandro estaba despertando en ella. Cuando él deslizó los labios desde su boca hasta su cuello, echó la cabeza atrás con un gemido. El tiempo perdió todo su significado mientras su tormento se acrecentaba. Sintió que se hundía en la marea de sensaciones que se estaban adueñando de ella mientras sus partes más íntimas y femeninas parecían abrirse para Alessandro a la espera de sus caricias.

Alessandro estaba más que listo para la experiencia. La atrajo hacía sí, haciendo palpable la evidencia de su erección. Con un gruñido de placer tomó las manos de Michelle y las llevó hasta su cintura. Anhelante, Michelle acarició las tensa curva de sus glúteos... pero sus dedos querían más. Pronto estaban sobre la entrepierna de Alessandro, desesperados por descubrir su misterio.

—Oh, Alessandro...

Si no quería su corazón, Michelle estaba dispuesta a darle lo único que sabía que aceptaría. Mientras él acariciaba la pesada plenitud de sus pechos, ella luchó con su cremallera. Cuando introdujo la mano en sus pantalones, su excitación se incrementó al descubrir que no llevaba nada más. Maravillada, deslizó las manos por su rígida y palpitante carne.

—No... todavía no.

Michelle se sorprendió ante el tono imperativo de Alessandro, que se apartó un poco de ella... lo justo para desabrocharle el uniforme. Se lo quitó con evidente práctica de un solo movimiento. Michelle se quedó boquiabierta, pero él aún no había terminado.

Deslizó hacia abajo los tirantes de su sujetador, descubrió sus pechos y se inclinó para besarlos. Mientras con una mano los acariciaba, mordisqueó primero un pezón y luego el otro hasta excitarlos.

Michelle sentía que iba a desmayarse de placer. Su aliento se volvió jadeante mientras pronunciaba el nombre de Alessandro. Se aferró a él y sus cuerpos se volvieron uno.

Dejándose llevar por las sensaciones que ambos necesitaban satisfacer, Alessandro tumbó a Michelle con delicadeza sobre la hierba. Mientras lo hacía se preguntó si la intensa necesidad que estaba experimentando de ella sería una síntoma de la vacuidad de su estilo de vida, si cruzar la línea que separaba su mundo del de ella no sería más que una forma de introducir un poco de peligro y excitación en la implacable rutina de su vida. Un millón de pensamientos se formaron y se desvanecieron en su mente mientras Michelle se movía bajo su cuerpo.

Sin apenas pensar en lo que hacía, tomó posesión de ella. Toda su conciencia estaba centrada en llenar el vacío que sentía en su interior. La penetró, sintió cierta resistencia y escuchó el pequeño gritito de Michelle mientras sus músculos se tensaban y luego se cerraban en torno a él. De su garganta escapó un profundo sonido de placer femenino a la vez que arqueaba la espalda para unirse a él hasta que se fundieron en un solo ser. Alessandro se inclinó sobre ella y la penetró tan profundamente como había imaginado en sus sueños. El placer que experimentó fue tan intenso que se preguntó cómo había sido capaz de resistirse a ella tanto tiempo.

Michelle se aferró a él mientras cabalgaba en

olas de sensaciones desconocidas para ella. Quería absorber todo el cuerpo de Alessandro, entregarse a él tan completamente como él la estaba poseyendo.

Aquélla era su vida, y se la estaba entregando. Nada podría compararse nunca con aquel momento, allí, con Alessandro, bajo aquel oscuro cielo mediterráneo.

—Oh, Alessandro... —susurró en cuanto recuperó el aliento—. Nunca había imaginado que hacer el amor pudiera ser algo tan maravilloso. Quería que mi primera vez fuera la mejor...

Sus palabras estaban cargadas de sinceridad, pero hicieron que Alessandro se quedara petrificado.

«¿Qué he hecho?», se preguntó, consciente de que era lo peor que podía haber hecho. Con delicadeza, pero tan rápidamente como pudo sin hacer daño a Michelle, salió de ella. El gritito que dejó escapar ella le reveló más de lo que quería saber.

—*Dio*, Michelle. Lo siento...

—No lo sientas. Ha sido fantástico —Michelle apoyó una mano en la mejilla de Alessandro. Su mirada era de completa sinceridad.

Alessandro estaba consternado. ¿Cómo podía haber sido tan estúpido? Había escuchado aquel tono de voz, había visto aquella expresión y había sentido aquella caricia en su oscuro y distante pasado. Entonces supuso un desastre, y volvería a suponerlo.

—Ha sido un error —dijo con firmeza. Endureció su corazón y apartó la mirada para no ver el gesto de Michelle—. Nunca debería haber pasado.

—Lo sé. Lo sé —dijo ella rápidamente, en un tono de voz que parecía venir de muy lejos.

Alessandro sintió que se movía debajo de él. Incapaz de mirarla, giró de nuevo hacia ella y la abrazó a la vez que le hacía apoyar la cabeza en su hombro. Todo había cambiado entre ellos. Esperaba lágrimas y acusaciones. En lugar de ello había obtenido silencio. Eso era peor. Le había hecho daño, y no sólo físicamente. Hacerse consciente de ello fue muy doloroso. Era la primera vez que el dolor de otro le afectaba tanto, y supuso una conmoción. Los hechos y las cifras eran mucho más fáciles de controlar que los sentimientos... sobre todo cuando pertenecían a otras personas.

Aquello le hizo pensar. Le esperaba otra noche de insomnio, pero se juró a sí mismo que tendría un propósito.

Tenía trabajo que hacer.

Capítulo 5

Cuatro meses después

Alessandro estaba sentado a solas en la sala de juntas de la casa Castiglione. Repasó las cuentas que le habían entregado una segunda vez, y luego una tercera. Las cifras no tenían sentido.

Su gente no dejaba de hablarle del éxito que estaba teniendo Michelle en su nueva vida en Inglaterra, pero él no podía comprobarlo personalmente. Cuando miraba las columnas de cifras, todo lo que veía era el delicioso cuerpo de Michelle, tan suave y complaciente bajo sus manos.

Le había llevado un tiempo superar el enfado que le produjo su propia irresponsabilidad. Cuando organizó las cosas para que su organización benéfica pusiera a Michelle profesionalmente en marcha, supuso que aquello sería el final de la historia. Su creciente deseo de volver a tenerla entre sus brazos le sorprendía. El mero hecho de leer su nombre escrito le excitaba. Definitivamente, tenía que hacer algo para sacársela de la cabeza. Quería poseerla de nuevo, tomarla con la misma pasión incendiaria de aquella seductora noche mediterránea. Ninguna otra cosa lo dejaría satisfecho.

Apartó los papeles a un lado y comunicó a su secretaria que se iba a Inglaterra de inmediato.

Derritiéndose de anticipación, Michelle contuvo el aliento. Alessandro la estaba mirando como si fuera la única mujer del mundo. Estaban tumbados en la hierba, bajo la sombra de un sauce, desnudos. Alessandro deslizó un dedo por la curva de su cadera hasta tu hombro. Michelle suspiró y se arrimó a él. Alessandro se inclinó para besarla...

El sonido del despertador catapultó a Michelle fuera de sus sueños, de vuelta a la vida real.

Durante largo rato se negó a abrir los ojos. Sabía que había millones de personas que habrían dado cualquier cosa por la oportunidad de disfrutar de la clase de vida de que ella disfrutaba ahora. Pero aquello no bastaba para hacer que despertar le resultara más fácil. Alessandro había desaparecido por completo de su vida. Sin duda había sido muy generoso al ocuparse, a través de sus empleados, de que tuviera su propia galería de arte y la casita con jardín que siempre había soñado tener. Pero su sentimiento de culpabilidad había supuesto un precio terrible.

Michelle aún no había llegado a asumir por completo que no iba a volver a verlo. El único momento en que sus recuerdos le aportaban placer era mientras dormía. Sus sueños siempre estaban centrados en el irresistible y adorable Alessandro, no en su cruel realidad. Cuando despertaba, el dolor que aún le producía su separación era difícil de soportar.

El despertar destruía el único placer que le quedaba en la vida. No estaba en el sur de Francia. Es-

taba en Inglaterra, y en la época más deprimente del
año. La única fragancia de su nueva vida procedía
de las bolsitas de lavanda que había traído consigo.
Gimió. No podía ser la hora de levantarse... Trató de
ver la hora en el reloj digital de la mesilla. Antes
de lograrlo, el recuerdo de lo que habían llegado a
significar sus mañanas cayó a plomo sobre ella.

Se cubrió la cabeza con el edredón. «Por favor,
por favor, sólo quiero cinco minutos de calma antes
de que empiece la tormenta...».

Pero su ruego no sirvió de nada. Su estómago ya
empezaba a encogerse. ¿Cómo podía crear tal caos
en su organismo un bebé tan diminuto?, se preguntó
mientras iba tambaleándose al baño y apoyaba la
frente en la fría porcelana del lavabo. Cerró los ojos.

Si fuera tan fácil borrar de su memoria los acon-
tecimientos. Había entregado su corazón a un hombre con una reputación terrible, que había dejado
caer suficientes indirectas sobre su rechazo total al
compromiso. La única vez que trató de ponerse directamente en contacto con Alessandro su escua-
drón de empleados cerró filas en torno a él. Había
sido abandonada, algo de esperar de un hombre
como Alessandro Castiglione. ¿Qué esperanza podía haber para alguien tan estúpido como ella?

Cuando empezó a sentirse mejor abrió los ojos.
No tenía sentido revivir los errores del pasado, pero
no podía evitarlo. Acarició con delicadeza la parte
delantera de su camisón. Su vida debía centrarse
ahora en lo que más convenía al bebé. Lo único que
le quedaba eran los recuerdos de su padre... y una
sola carta.

Sintió un escalofrío. De pronto estaba de vuelta

en villa Jolie Fleur, la mañana después de haber hecho el amor con Alessandro. Cómo se torturó mientras se preparaba para las tareas de la mañana, preguntándose si sería capaz de volver a mirarlo a los ojos alguna vez. Y entonces había abierto la puerta de su suite y había encontrado su libro de Raphael, devuelto con una nota que decía que había tenido que irse por asuntos de negocios pero que sus empleados se pondrían en contacto con ella.

Tan sólo la casa abandonada había escuchado sus sollozos. Supo desde el principio que Alessandro estaba mintiendo. ¿Cómo podían haberse puesto en contacto con él si su móvil no funcionaba? Corrió al estudio y lo encontró vacío. Alessandro había recogido todo su material y se había ido.

Cuando, unos días después, dos elegantes representantes de la Fundación Castiglione se presentaron en Jolie Fleur para entregarle las llaves de una casa y una galería de arte en la parte más exclusiva del campo inglés, el primer impulso de Michelle fue arrojárselas a la cara. Pero, aunque era orgullosa, no era estúpida. Su contrato estaba a punto de terminar y pronto necesitaría un nuevo trabajo. Aquello parecía la solución ideal a todos sus problemas.

Tras completar su contrato en al villa, regresó a una nueva vida en su viejo país con todo lo que había soñado... y más. Pocas semanas después averiguó que estaba embarazada. Era a la vez lo mejor y lo peor que podía haberle pasado. Con otra vida que proteger, no podía dedicarse a lamentarse por lo que había perdido. En lugar de ello, surgieron otras preocupaciones.

¿Cómo podía dar a su bebé una infancia mejor de la que ella había tenido si iba a crecer sin un padre?

Michelle siempre llegaba a la galería muy temprano para asegurarse de que todo estaba impecable. A sus exquisitos clientes les gustaba su eficiencia, y ella nunca los decepcionaba.

Cuando entró se fijó distraídamente en un elegante coche azul aparcado cerca. Luego fue a su despachó para escuchar los mensajes de su móvil. Acababa de pulsar el botón cuando oyó el sonido de la campanilla de la puerta.

—¡Me temo que aún no estamos abiertos, pero eche un vistazo si quiere, por favor! —dijo desde el despacho en su mejor tono de dueña de la galería.

—¿Michelle?

La voz de Alessandro Castiglione llegó hasta ella, densa y seductora como el chocolate. Era una voz inconfundible. Michelle se quedó paralizada con el teléfono en la mano, incapaz de creer lo que acababa de escuchar.

—¿Alessandro? —susurró.

El sentido común le impidió salir corriendo a la galería. No pensaba comportarse como una estúpida por segunda vez. El día que Alessandro la abandonó en la villa había adquirido una capa de cinismo del que antes carecía. Era hora de comprobar qué tal le sentaba. Quería respuestas, y salió del despacho dispuesta a enfrentarse a él.

El tiempo pareció detenerse. Toda su rabia y su decepción quedaron como en suspenso. Miró a Alessandro, paralizada. Su alta e imponente figura colmó al instante su mente y sus sentidos con una embriagadora mezcla de recuerdos. Cada detalle, desde su denso pelo oscuro y penetrantes ojos negros hasta el punzante olor de su exclusiva loción para el afeitado y toda aquella masculinidad esencial, era como lo recordaba. Aquel día vestía un traje de corte clásico, corbata de seda azul oscura, camisa blanca y gemelos de oro. Estaba ante ella, totalmente deseable, a pesar de que su aspecto suponía todo un contraste con el desnudo esplendor que Michelle se estaba esforzando en no recordar. Sabía que lo único que debería importarle era por qué la había abandonado como lo hizo.

Pero al mirarlo a los ojos olvidó todo excepto la tórrida pasión que despertaba en ella. Cuando la abandonó se vio obligada a ponerse una armadura para superar el día a día. Pero ahora que lo tenía delante quería quitársela, pieza a pieza... ¡pero su cuerpo tenía otras ideas!

Unas repentinas náuseas le hicieron llevarse las manos a la garganta con una mezcla de pánico y bochorno.

–Oh... Oh... me siento enferma...

–Normalmente no suelo ejercer ese efecto, tesoro... –empezó Alessandro, pero su sonrisa se desvaneció al ver la expresión de Michelle.

–Tengo que... vomitar...

Alessandro se apartó cuando Michelle pasó rápidamente a su lado en dirección al pequeño baño que había junto al despacho. Llegó justo a tiempo. Un instante después sintió a Alessandro a su lado. Cuando terminó de devolver, él le puso un paño húmedo en las manos. Michelle nunca se había sentido tan agradecida por algo en su vida. Se pasó el paño por el rostro, agradeciendo poder ocultar así sus ardientes mejillas.

–¿Puedo hacer algo? –preguntó Alessandro, preocupado.

–Ya has hecho bastante, ¿no te parece? –dijo Michelle con voz ronca.

Alessandro tomó el paño que sostenía en la mano y lo sustituyó por un vaso de agua fría. Cuando Michelle terminó de beber, volvió a tomarlo. Luego le ayudó a levantarse. Débil como un gatito, Michelle no tuvo más remedio que aferrarse a él. Por unos segundos se engañó pensando que estaba de vuelta en el paraíso. Pero enseguida descubrió que ella no era la única que había cambiado. Alessandro no se estaba derritiendo contra ella como sucedió la primera y única vez que hicieron el amor. Su cuerpo estaba tenso, inflexible... La tomó un momento de las manos y enseguida la soltó.

El tono helado de su voz iba a juego con su glacial expresión.

–Te he facilitado un hogar y un trabajo para toda la vida. Cuando nos conocimos no tenías ninguna de las dos cosas.

–¿Y quieres que me muestre agradecida? ¿Por el hecho de que me hayas mantenido a distancia? ¿Quieres sentir que has cumplido con tu deber? ¿O no querías que te avergonzara ante amigos como Terence Bartlett? –Michelle volcó todo su dolor en aquellas preguntas–. Me dejaste literalmente plantada con el niño en brazos... ¿y esperas que me muestre agradecida?

–No, pero al menos... –Alessandro enmudeció y se quedó mirándola. Su penetrante mirada fue descendiendo poco a poco por el cuerpo de Michelle.

El ritmo repentinamente irregular de su respiración reveló el tumulto que había en su interior. Cuando logró hablar, tuvo que hacer verdaderos esfuerzos por mostrarse civilizado.

–¿Estás embarazada? ¿Por qué será que no me sorprende? –siseó a través de una mueca de sonrisa–. Los niños son magníficas armas para negociar. Supongo que no necesito preguntarte si vas a tenerlo.

Parecía un volcán a punto de entrar en erupción. Michelle no pudo evitar recordar los terribles rumores que había escuchado sobre él.

–Me he quedado completamente sola en el mundo. Sé muy bien lo que es no ser deseada –replicó con amargura–. Tengo que reparar el daño. ¿Qué otra cosa puedo hacer?

–Creo que ambos hemos hecho ya demasiado.

Michelle miró a Alessandro largo rato en aterrorizado silencio. Al principio tenía inclinada la cabeza. Luego la alzó lentamente y cuando habló lo hizo para el rincón superior izquierdo de la sala.

–A partir de ahora es una cuestión de limitación de daños. Puede empezar con la ficción de un feliz reencuentro entre nosotros.

Michelle se quedó mirándolo. En Francia, aquel hombre había tomado todo lo que ella tenía que ofrecer. Al desaparecer de su vida había dejado un vacío tan grande que supo que nadie podría colmarlo nunca. En aquellos momentos lo tenía ante sí. Tenía tantas preguntas que hacer que se le amontonaban en la garganta, silenciándola.

–¿Cómo tienes el valor de mostrarte tan tranquila, Michelle?

El amargo tono de reproche de Alessandro despertó todos sus instintos de protección.

–Lo estoy haciendo lo mejor que sé. No puedo hacer más.

La respuesta de Michelle pareció relajar un poco a Alessandro.

–Sí, por supuesto.

La angustia de Michelle creció cuando el fuego de la mirada de Alessandro se desvaneció para dar paso al desagrado, como si estuviera esperando a que se justificase. Era evidente que la noticia de su embarazo había supuesto un duro golpe para él. A pesar de todo lo que le había hecho pasar, estaba deseando acercarse a él para consolarlo...

Renunció a la idea con un involuntario gesto de la cabeza. Todo había cambiado entre ellos.

–¿Y bien? ¿No tienes nada que decir en tu favor, Michelle?

Ella irguió los hombros. Habían hecho falta los dos para llegar a aquella situación. Por mucho que le asustara la reputación de Alessandro, merecía escuchar algunas verdades.

–¿Como qué, exactamente? –ladeó la cabeza–. Traicionaste mi confianza, Alessandro. ¿Qué nos sucedió? ¿Adónde fuiste? Desde el momento en que me abandonaste en Francia lo único que he hecho ha sido trabajar, comer, dormir... y tratar de olvidarte.

–Y ahora tú y yo vamos a dar al mundo el final feliz que quiere –dijo Alessandro con dureza, desafiante–. No voy a permitir que mi compañía se vea desacreditada por esto. El titular «Millonario me abandonó embarazada» vendería millones de periódicos, pero no me dedico a hacer precisamente fácil la vida de los reporteros. El año pasado estuve a punto de arruinar un periódico amarillista por haber publicado que tenía una aventura con la mujer de un rival. Están deseando ir a por mí, pero eso no va a suceder.

Michelle captó la fría determinación de su mirada y se estremeció.

Alessandro sacó el móvil de su bolsillo y, tras una larga e irritante llamada, colgó y se volvió de nuevo hacia Michelle.

—Mi gente comunicará a la prensa que voy a reunirme hoy aquí contigo. Tendrán una oportunidad de hacer fotos y se les ofrecerá una nota de prensa. Eso mantendrá contentos a los periódicos un rato.

—¿Explicará la nota por qué no te has puesto en contacto conmigo desde...?

Alessandro sólo necesitó alzar una ceja para hacer callar a Michelle. Al parecer, el recuerdo de los últimos momentos que pasaron juntos no suponía más que una irritación para él.

—Como ya te dije en Francia, sólo estaba allí para relajarme, no para comprometerme.

Michelle seguía teniendo ante sí al hombre increíblemente atractivo y seductor que la había conquistado en Francia, pero en aquellos momentos sólo le parecía un cascarón vacío. Trató de leer su expresión pero, cuanto más veía, menos comprendía.

—Si rescatarte hoy silencia a los chismosos, mejor que mejor.

Mientras hablaba, la mirada de Alessandro se suavizó un poco. Michelle dio un paso hacia él.

—¿Por qué no me llamaste ni una vez? —susurró—. ¡Me abandonaste, Alessandro! —añadió, sin ocultar su resentimiento.

–Tampoco puede decirse que tú jugaras claro conmigo.

–¡No pude evitarlo! –protestó Michelle, pero él no la estaba escuchando.

–Pero yo sí. Y voy a hacerlo.

Michelle fue a decir algo, pero de pronto volvió a sentir náuseas.

–Oh... oh... vuelvo a sentirme mal...

Alessandro suspiró, resignado.

–Vamos al baño antes de marcharnos. Estaremos en Italia para la hora de comer.

Michelle no tuvo tiempo de preguntar a qué se refería. La palabra «comer» hizo que su estómago volviera a encogerse y corrió al baño. Alessandro se acuclilló a su lado un segundo después. Su eficiencia con los paños mojados y las bebidas frías hizo gemir a Michelle. Y volvió a gemir al recordar sus mención de los periodistas, el viaje a Italia y la curiosidad que todo ello iba a despertar.

–Oh, no... ¿qué va a pensar todo el mundo?

Alessandro alzó las manos, exasperado, y masculló una maldición en italiano.

–¡En un momento como éste se preocupa por lo que pensarán! –exclamó–. En estos momentos sólo debería preocuparte una cosa, tesoro... ¡y no es precisamente el resto de la gente!

Capítulo 6

MICHELLE necesitó un rato para recuperarse. Alessandro preparó té y luego hizo varias llamadas desde su móvil. Para cuando Michelle se sintió lo suficientemente bien como para salir de nuevo a la galería ya había varios periodistas reunidos en el exterior.

–Nunca están demasiado lejos. Esta zona está llena de residentes aristócratas y estrellas del espectáculo –explicó Alessandro con desprecio.

–¿Y han abandonado todo eso por ti? –preguntó Michelle.

–No puedo evitarlo. Yo no he pedido estar en el centro ojo público, pero es algo con lo que tengo que convivir. Como tú, sólo hago lo que puedo. Lo único que me importa es la casa Castiglione.

Michelle sonrió con ironía. Cada vez estaba más claro que lo único que le importaba a Alessandro era su trabajo. «Sabía que mi romance de vacaciones era demasiado bueno como para ser cierto», pensó con tristeza.

–Supongo que debería estarte agradecida, pero podría haberme pasado sin tu armada de admiradores –Michelle casi logró sonreír, pero cuando Alessandro intentó hacer lo mismo acabó moviendo la cabeza.

–Como ya he dicho, tengo un plan de rescate, Michelle. Te estoy ofreciendo una vía de escape.

Alessandro dijo aquello con evidente esfuerzo. Fuera lo que fuese lo que estaba ofreciendo, era evidente que para él suponía un gran sacrificio. Pensó en lo que le había entregado aquel glorioso atardecer mediterráneo.

–Me abandonaste, Alessandro –murmuró finalmente.

–Ahora sabes por qué –Alessandro señaló a los periodistas que aguardaban con una rabia apenas contenida.

Todas las horas de espera, de preocupación y temor regresaron e impulsaron a Michelle a retarlo.

«¡No, no sé nada, Alessandro!», pensó. «No sé por qué me abandonaste con tanta rapidez en la villa. No sé por qué ha sido invadida mi galería por periodistas a las ocho de la mañana, y lo peor de todo...». Trató de contener las lágrimas de confusión que amenazaban con derramarse de sus ojos.

–¿Qué ha pasado con el artista divertido y romántico que conocí en Francia? –preguntó en un susurro.

–La vida. Eso es lo que le pasó –replicó Alessandro–. Es lo que sucede mientras estás ocupado divirtiéndote. Y ahora dame las llaves de tu casa. Habrá que hacer tu equipaje.

Agotada, y apenas capaz de pensar con claridad, Michelle estuvo a punto de reír en alto.

–Espera. ¡Vas demasiado deprisa! ¿Cómo se supone que voy a volver a mi casa con todos esos fotógrafos en medio? ¿Crees que van a dejarme pasar? –cada vez había más cámaras reunidas fuera de la galería–. No puedo enfrentarme a ellos sintiéndome así...

Alessandro respiró profundamente. Michelle observó su rostro, desesperada por encontrar alguna clave, pero fue inútil. Sus ojos de obsidiana parecían aún más misteriosos que de costumbre.

–No tendrás que hacerlo. Mi gente lo hará por ti. Así es como van a ser las cosas a partir de ahora –Alessandro habló lentamente, como si Michelle fuera una niña y él un padre a punto de perder la paciencia.

–¿Aquí? ¿O en Italia? –dijo Michelle, que empezaba a encajar las piezas del puzzle.

–En mi casa, por supuesto. No puedes seguir aquí después de todo esto –Alessandro señaló con un gesto de la cabeza a la multitud que esperaba fuera–. No tengo intención de dejaros a ti y a mi hijo un momento más aquí. Si te quedaras aquí, correrías peligro. Y también mi negocio –añadió secamente.

–¿Es cierto que expulsaste a todos tus parientes de la empresa? –preguntó Michelle, incapaz de contenerse.

–No esperaba que dieras crédito a los cotilleos –dijo Alessandro con dureza–. Pensaba que estabas por encima de ese tipo de cosas, Michelle. Al menos así se desmoronan las ilusiones que pudiéramos habernos hecho el uno del otro. En realidad no sabemos nada el uno del otro, así que podemos empezar nuestra nueva vida a partir de cero.

–¿Nuestra nueva vida? –repitió Michelle, desconcertada.

–Eso es lo que he dicho. Y ahora, vámonos. Los periodistas son capaces de esperar lo que haga falta para obtener lo que buscan. Su paciencia es infinita, pero la mía no. ¿Tienes tus llaves?

–Sí.

–Enséñamelas.

Distraída por la llegada de un hombre enorme vestido con un traje gris, Michelle rebuscó en su bolso. Le costó encontrar las llaves, pero finalmente las sacó.

–Por fin –dijo Alessandro con evidente impaciencia–. Y ahora, vámonos –apoyó una mano en la espalda de Michelle y la impulsó hacia la puerta –deja que yo responda a las preguntas, añadió con evidente tensión.

Obviamente, el gigante que había entrado trabajaba para Alessandro, pues se acercó de inmediato a abrir la puerta para ellos. Sin una palabra, Alessandro, le entregó las llaves de Michelle.

Michelle fue a protestar, pero Alessandro apoyó una pesada mano en su hombro.

–Ése es Max. Se va a ocupar de hacer tu equipaje. Hay un coche esperando fuera para nosotros; mantente cerca de mí y no digas nada.

Michelle asintió, aturdida, y al salir se fijó en el coche azul que había llamado su atención al llegar, que se hallaba a escasos metros de la entrada.

–¿Vamos a ir al aeropuerto en ese coche?

Alessandro asintió.

–¿Cuándo sale nuestro avión?

–Es mi jet privado, así que despegaremos cuando lleguemos. Y ahora, silencio, por favor –Alessandro tomó a Michelle por el codo con firmeza–. Debemos sonreír para las cámaras.

Al verlos, la multitud avanzó hacia ellos en tro-

pel en medio del intenso destello de las cámaras.
Lejos de pasar a empujones entre los periodistas y
los curiosos, como esperaba Michelle, Alessandro
se detuvo y alzó una mano.

–¡Por favor, señoras y señores! Recuerden nuestro acuerdo. Michelle y yo vamos a ofrecerles la
foto que hemos prometido. Después nos dejarán en
paz, ¿de acuerdo?

A continuación, sin previo aviso, tomó a Michelle entre sus brazos y la besó con tal energía que el
universo pareció explotar en torno a ellos. Aturdida,
Michelle lo rodeó con los brazos por el cuello. Justo
cuando su cuerpo empezaba a reaccionar, cuando
los recuerdos de su abrazo en Francia empezaron a
aflorar, él se apartó.

–Ya. Eso es todo –murmuró junto al oído de una
aturdida Michelle–. Si los fotógrafos no habéis sido
lo suficientemente rápidos para tomar la foto... ¡lo
sentimos! –añadió Alessandro en voz alta y clara–.
No va a haber ningún beso más.

–¡Pareces muy seguro de eso, Alessandro! –trató
de bromear Michelle, pero la mirada cargada de veneno que le lanzó Alessandro la silenció en el acto.
Sucedió tan rápido que nadie lo percibió excepto
ella, pero fue una mirada que no olvidaría en su vida.

A continuación, y mientras los periodistas los
bombardeaban con sus preguntas, Alessandro la impulsó para que avanzara hacia el coche. Con una
sonrisa que no sirvió para suavizar su expresión,
volvió su fría atención hacia los reporteros.

–Por favor, dejen pasar a mi prometida, caballeros.

Cuando llegaron al coche, su chófer uniformado
les abrió la puerta.

–¿Prometida? –repitió alguien entre la multitud–. Hasta ahora no nos había mencionado ningún compromiso, Sandro.

Había un matiz de acusación en la anónima pregunta. El resto de la multitud se hizo rápidamente eco de ella.

Alessandro trató de aliviar la situación riendo.

–Veo que los he sorprendido por primera vez, caballeros –dijo con una sonrisa aparentemente afable–. Y, por favor, Sandro era el nombre de mi padre. Yo soy Alessandro y, aparte de la genética, mi padre y yo no teníamos nada en común, ¿de acuerdo?

–¿Nada? ¿Y qué me dice del gusto por las chicas bonitas? –preguntó alguien.

Alessandro volvió a sonreír, pero Michelle estaba lo suficientemente cerca como para ver la dureza que adquirió su expresión bajo la aparente sonrisa.

–Nadie que me conozca sugeriría tal cosa –replicó en tono ligero, pero sus ojos parecieron taladrar a Michelle cuando la miró.

–Parece que la historia se repite, ¿no? Un repentino compromiso con una desconocida. ¿Tiene algo que ocultar? –preguntó otro reportero.

Un rumor de excitación recorrió la multitud.

–¿Qué piensan de todo esto los demás miembros de la casa Castiglione? –gritó otro reportero desde atrás.

–Sin comentarios –espetó Alessandro a la vez hacía entrar a Michelle en el coche.

En cuanto la puerta se cerró tras ellos, una masa de periodistas rodeó el coche. Alessandro pulsó un botón y las ventanas del vehículo se volvieron opacas. Los rostros que los rodeaban se transformaron en meras siluetas mientras el conductor ocupaba su asiento.

Alessandro dio unas secas órdenes en italiano y luego hizo alzar el panel de cristal que separaba el compartimento de los pasajeros del resto del mundo.

Michelle tuvo que esforzarse por controlar su pánico. No sabía en qué estaba pensando Alessandro cuando se había presentado en la galería aquella mañana, pero sí sabía que lo que estaba causando todos aquellos problemas era la noticia que le había dado.

—¿Por... por qué te has referido a mí como tu prometida hace unos momentos? —se animó a preguntar cuando el coche se puso finalmente en marcha.

—Porque eso es lo que debes ser.

Alessandro volvió sus negros ojos hacia ella. Su mirada era tan impenetrable que le produjo un escalofrío.

—¿Y yo no tengo nada que decir al respecto?

Alessandro dejó escapar un resoplido de impaciencia.

—Pudiste ser sincera conmigo hace semanas. Pudiste decirme «no». Entonces no habría sucedido nada de esto.

¿Cómo podía desestimar de aquel modo el momento más importante de su vida?, no pudo evitar preguntarse Michelle.

—Lo siento —susurró.

—Estoy seguro de que lo sientes —Alessandro tamborileó con los dedos sobre su muslo y miró por la ventanilla—. ¿Pero lo sientes porque querrías que nunca hubiera pasado, o porque he llegado para tomar el control de la situación cuando pensabas que ibas a salirte con la tuya?

Michelle no pudo responder. Bajó la mirada mientras sus ojos se llenaban de lágrimas. Rogó para que Alessandro no estuviera pensando en una interrupción de su embarazo. Ella había sopesado sólo un momento la posibilidad, pero la había descartado enseguida. Acostumbrado a que lo llevaran de aquí para allá en un coche del tamaño de un petrolero, ¿cómo podía comprender Alessandro lo que era sentirse desesperado?

Cerró los ojos y se apoyó contra el respaldo del asiento. Había despertado aquella mañana pensando que no podía haber nada peor que un futuro de soledad y duro trabajo. Pero ya no pensaba igual.

El viaje al aeropuerto transcurrió en un tenso silencio. Alessandro sólo volvió a hablarle cuando su gente ya se había ocupado de las formalidades y los dejaron instalados en su jet privado. Conscientes de su mal humor, sus empleados desaparecieron en cuanto pudieron.

—Por tu segunda exhibición de esta mañana, deduzco que estás realmente embarazada ¿no?

Michelle alzó la cabeza al escuchar aquello. Por la expresión de Alessandro, dedujo que llevaba un rato preparándose para hacer la pregunta que no dejaba de rondar su cabeza.

—Por supuesto que estoy embarazada. No te mentiría sobre algo así, Alessandro.

—Según mi experiencia, no hay ningún «por supuesto» en lo que concierne a las mujeres.

Aquello colmó el vaso de la paciencia de Michelle.

—¿Cómo te atreves a sugerir que te estoy mintiendo sin ninguna prueba? Tal vez se deba a las compañías que frecuentas en el mundo de los negocios. Estoy segura de que, cuando hay mucho dinero de por medio, la confianza no basta. Así que tal vez debería tratar de comprender cómo...

–Nunca podrías –interrumpió Alessandro con brusquedad.

–¿Y cómo puedes esperar que me case contigo si piensas eso? El matrimonio debe basarse en la comprensión y la confianza.

Alessandro negó con la cabeza.

–Debo casarme contigo. No hay alternativa. No pienso tener un hijo ilegítimo. Si no hubiera matrimonio, la prensa encontraría la oportunidad que estaba esperando. Me esfuerzo por suavizar la terrible reputación de mi familia, pero los medios de comunicación prefieren monstruos. El año pasado la prensa me acusó de tener una aventura basándose tan sólo en unas fotos perfectamente normales tomadas en un restaurante. Me fotografiaron cenando con la esposa de un rival en los negocios. Conociendo mi situación, y sabiendo cuánto deseaba su marido hacerse con la Casa de Castiglione, quería comprarla para él. Tuvimos algunas reuniones secretas para hablar de ello. Me sentí tentado, pero al final decidí no vender. Nos fotografiaron durante uno de nuestros encuentros y el periódico se inventó lo demás. El escándalo estuvo a punto de matarla a ella y de acabar con su matrimonio. Denuncié al periódico y conseguí que se retractaran públicamente, pero los medios de comunicación nunca olvidan algo así. Una mujer abandonada y un hijo ilegítimo les daría verdadera munición contra mí –miró a Michelle a los ojos con expresión acusadora–. Así que dime la verdad. Si no hubiera venido a por ti, ¿te habrías molestado en decirme que estabas embarazada antes de decírselo a ellos?

Al principio, Michelle sintió la tentación de guardárselo todo para sí. Cuando obtuvo los resultados de la prueba de embarazo su primer impulso fue salir corriendo a esconderse. Tras sus fracasados intentos de ponerse en contacto con Alessandro, acabó reconciliándose con la idea de estar sola con su bebé... y con sus recuerdos. Era el precio que debía pagar por la fantasía que había vivido en Francia. Tenía su casita y su galería, pero eso no compensaba la perspectiva de pasar el resto de su vida sin Alessandro.

Pero la vida no podía ser más real de lo que lo era en aquellos momentos. Estaba presionada contra su asiento en el avión de Alessandro como un testigo asustado ante un experto fiscal. Asentir en respuesta a su pregunta no le proporcionó la reacción que esperaba. Alessandro exhaló el aliento con evidente desagrado.

–¿Y por qué no me lo dijiste enseguida?

Michelle miró un momento por la ventanilla.

–¿Cómo iba a decírtelo? –murmuró finalmente–. ¡Desapareciste, Alessandro! Fui directa al estudio, pero estaba cerrado. Esperé y esperé a que regresaras, pero no lo hiciste. ¿Qué se supone que debería haber pensado cuando descubrí que estaba embarazada? ¿Que un hombre capaz de desaparecer tan rápidamente de mi lado sería un buen padre para mi hijo?

Michelle volvió una angustiada mirada hacia su acusador, pero Alessandro había apartado la vista. Sin embargo, mientras esperaba su respuesta y se disponía a enfrentarse a su rabia, Michelle notó que algo estaba cambiando en su expresión. Los músculos de su cara se relajaron ligeramente y movió la cabeza de un lado a otro. Había tomado inconscientemente un posavasos y estaba trazando unas líneas en él mientras pensaba.

—Sí... comprendo. Pero ahora estoy aquí —dijo, en un tono tan calmado que puso inmediatamente en alerta a Michelle—. ¿Te planteaste alguna vez la posibilidad de interrumpir tu embarazo?

Michelle asintió mientras luchaba contra las lágrimas que atenazaban su garganta y prácticamente le impedían hablar.

—No fui capaz de hacerlo.

—Pero te planteaste la posibilidad, ¿no?

—Se me pasó la idea un momento por la cabeza.

Alessandro apartó de un manotazo el posavasos y masculló un torrente de maldiciones en italiano.

«Por favor, no digas algo que vayamos a lamentar ambos», pensó Michelle, impotente.

—¿Por qué no llamaste al número de teléfono que te di?

Michelle sintió que su rabia revivía. No tenía sentido recordar al hombre encantador que conoció en la villa francesa. Ya no existía... si es que alguna vez había existido.

—Si no hubiera decidido pasar a visitarte mientras estaba por aquí, supongo que no me habría enterado de este asunto hasta que te hubieras presentado en mi puerta, dispuesta a obtener tus beneficios, ¿no? —dijo Alessandro en tono despectivo.

—¡No! —protestó Michelle, horrorizada—. ¡Ni se me había pasado por la cabeza esa posibilidad!

–Alessandro se había referido a su embarazo como «este asunto», lo que demostraba con exactitud lo que sentía–. En cuanto averigüé que estaba embarazada, supe que tenía que decírtelo. Y lo intenté. Pero tú no me lo pusiste precisamente fácil, ¿verdad?

Todo estaba saliendo mal, Michelle se llevó las manos al rostro, desesperada. La soledad, el malestar y la inseguridad que había experimentado aquellos últimos meses finalmente afloraron. Muy a pesar suyo, se desmoronó y rompió a llorar.

Con un suspiro, Alessandro sacó un pañuelo del bolsillo superior de su chaqueta y se lo entregó. Mientras Michelle se recuperaba, se dedicó a mirar por la ventanilla y movió la cabeza cuando ella se lo devolvió.

–Siento todo esto, Alessandro –murmuró ella.

–Seguro que lo sientes. Pero no tanto como lo sentirá nuestro hijo mientras crezca con el recordatorio de la fecha de nuestra boda constantemente aireado por la prensa.

Michelle había estado demasiado inmersa en sus problemas como para pensar con tanta antelación. Aquel comentario hizo renacer su energía.

–¡Ni hablar! ¡Haré lo que sea para evitar que hagan sufrir a mi hijo!

–Estoy seguro de ello.

En contraste con los secos sollozos de Michelle, la voz de Alessandro sonó desconcertantemente tranquila.

Michelle iba a añadir algo más cuando uno de los auxiliares de vuelo de Alessandro entró en el compartimento con una bandeja en la que había una copa de champán y un vaso de agua mineral.

–Supongo que tienes sed –dijo Alessandro mientras el camarero dejaba la bandeja en la mesa.

Michelle dedicó una débil sonrisa al camarero. Las bebidas sólo sirvieron para resaltar lo lejos que estaban de su romance veraniego. En la villa, Alessandro preparó un delicioso desayuno para ella, e incluso exprimió unas naranjas para ofrecerle un delicioso zumo. Ahora un camarero uniformado estaba abriendo una botella de agua y estaba sirviendo en un vaso el insípido líquido.

Habían sucedido tantas cosas durante los pasados meses... Cuando Alessandro la dejó en Francia se sintió totalmente traicionada. La abandonó después de haber compartido con ella una inmensa ternura. Hoy había vuelto a su vida cargado de acusaciones, y la prensa los acosaba. ¿Cómo podía fiarse de él en los malos tiempos si la había abandonado en los mejores?

Capítulo 7

ALESSANDRO quería eliminar por completo la idea de que el cabeza de la Casa de Castiglione pudiera permitir que su corazón dictara sus decisiones profesionales. Aún le molestaba que lo compararan con su padre. Odiaba que unieran su nombre al de Sandro Castiglione. En tan sólo unos años había transformado el fracasado negocio de tratante de arte de su padre en una empresa a nivel internacional.

La fortuna de Alessandro atraía un flujo constante de bellezas mimadas a su alrededor. Él se esmeraba en tratar bien a las mujeres... hasta que amenazaban con interponerse entre su trabajo y él. Era una reacción contra el modo en que siempre se había comportado su padre. Al igual que la mayoría del resto de los parientes de Alessandro, el viejo Sandro había poseído la moral de un *bracco* italiano y la lealtad de un gato. Abordaba su trabajo como una distracción de su verdadera profesión de infidelidad. El viejo Sandro utilizaba a las mujeres como posesiones y las abandonaba con la misma facilidad con que dilapidaba el dinero.

Alessandro no era ningún mojigato, pero llevaba sus asuntos con cuidado y discreción. Con una espectacular excepción, siempre había elegido mujeres que comprendieran su estilo de vida. Sabían a qué atenerse. Era posible que los hombres Castiglione probaran el aroma de toda clase de flores, pero elegían sus esposas entre la selecta casta de las familias más influyentes de La Toscana.

Y, de pronto, aquella pequeña extranjera se había abierto camino en su vida. Con su pelo color caramelo y una risa que ejercía el efecto de un bálsamo para su alma, le había hecho olvidar mil años de historia. Desde el momento en que la había visto, nada más había existido para él. Se habían encontrado como dos desconocidos que estaban disfrutando un momento de paz en sus vidas, sin presión, sin compromisos. Alessandro no había pensado ni una sola vez en la Casa de Castiglione mientras había estado en la villa. Había sido la perfecta aventura de verano... nada más.

Y allí estaban, juntos de nuevo varios meses después. Las circunstancias no podían haber sido más distintas. Miró disimuladamente a Michelle, que estaba bebiendo su vaso de agua. Cuanto más la miraba, menos se gustaba a sí mismo. «Ha sido todo culpa mía», pensaba, arrepentido. «Tomé a esa maravillosa criatura y la convertí en una mujer cautelosa, asustada».

La confianza era algo muy delicado. Alessandro lo sabía muy bien. Por eso no ofrecía nunca a nadie más de lo que podía permitirse perder. Hasta ahora siempre había dejado que las mujeres acudieran a él y se fueran cuando quisieran. Michelle era única porque era la primera a la que se había acercado él por iniciativa propia. También era la única a la que había dejado de aquel modo. Recordar aquello le hacía sentirse inquieto.

Algo había empezado a crecer en su interior, como una arenilla en una ostra. Se había iniciado como una irritación menor, pero el sentimiento había ido creciendo día a día. Podía ubicar con exactitud el segundo en que empezó.

Cerró los ojos y recordó aquel instante.

El día que el helicóptero lo llevó del yate a Jolie Fleur lucía un sol espléndido, de manera que no le sorprendió ver a Michelle esperándolo a la sombra. Entonces sucedió. De pronto se dio cuenta de que estaba atrapada y a su merced. Ningún hombre italiano con un poco de sangre en las venas habría resistido una oportunidad tan deliciosa. A partir de aquel momento olvidó todo lo relacionado con el trabajo y acudió a ofrecerle su ayuda. Y cuando los grandes ojos de Michelle manifestaron todo su encanto mientras lo miraba, supo que estaba perdido.

Después, las cosas habían ido de mal en peor. Con una sonrisa y una risita, la señorita Michelle Spicer se había introducido bajo sus defensas y le había hecho olvidar todas sus normas de conducta. Su única excusa era que el sencillo encanto de Michelle era totalmente distinto al de las mujeres que había seducido hasta entonces. Y aquel encanto lo había cegado a todos los peligros. Fueron precisamente aquellas cualidades de inocencia y delicadeza las que lo atrajeron hacia ella como un imán en el jardín. Y entonces fue cuando se estropeó todo. Al no decirle que era virgen, Michelle le había engañado. Su silencio había convertido su aventura en algo deshonroso, y había confirmado la mala opinión que Alessandro tenía de las mujeres. Él había hecho mal, pero el silencio de Michelle había sido peor.

¿Pero qué más podía esperarse? Todas las mujeres eran iguales. En cuanto veían un hombre rico se volvían sanguijuelas dispuestas a obtener todo lo que pudieran. Pero Alessandro sabía lo que podía suceder cuando ninguno de los padres se responsabilizaba de sus actos, y pensaba asegurarse por todos los medios de que aquello no le sucediera a un hijo suyo. Aquel problema era mucho más importantes que sus sentimientos o los de Michelle.

–No soy uno de esos hombres que se enorgullece de ir dejando bastardos allá por donde va, Michelle –su voz se endureció aún más al abordar el tema que realmente le preocupaba.

Michelle volvió la cabeza y se quedó mirándolo.

–Sólo me interesa el bebé –continuó Alessandro–. Esa inocente criatura necesita un padre con normas y valores.

Con un gemido de horror, Michelle se cubrió el rostro con las manos. ¿Cómo podía hablarle Alessandro así? ¿Qué había pasado con el hombre afable y delicado que la había llevado al paraíso? Había cambiado. Se había transformado en un monstruo mezquino. Aquello ya no se trataba de un rescate, sino de una trampa. Tenía que escapar cuanto antes.

–No puedo soportarlo más –dijo mientras se secaba enérgicamente el rostro con el pañuelo que le había dado Alessandro–. ¡Quiero que me pongas en un avión de vuelta a Inglaterra en cuanto aterrice!

Alessandro tomó la copa que tenía ante sí y observó su contenido.

–No. Vas a venir conmigo a mi villa. Como he dicho, si reclamas el derecho a ser la madre de mi hijo, debes asumir la responsabilidad de convertirte en mi esposa. Ya están preparándolo todo para tu llegada –tomó un sorbo y saboreó con una sonrisa su bebida favorita.

Michelle parpadeó.

–Entonces, ¿hablabas en serio cuando has dicho que era tu prometida?

–Nunca bromearía sobre algo así.

–Pero ¿y si me niego?

Alessandro terminó su copa y la rellenó.

–Si atiendes a razones y eres una chica lista, no lo harás. Yo necesito un heredero. Tú estás embarazada de mi hijo. Cásate conmigo y me ocuparé de ti y del bebé de ahora en adelante, sin preguntas. Niégate, y me quedaré con el niño en cuanto nazca. Preferiría evitar el escándalo, pero no a expensas de mi hijo. Mis abogados se asegurarán de que no vuelvas a verlo, ni un penique de compensación.

La mirada de Alessandro parecía echar fuego. Michelle estaba aterrorizada, pero no pensaba rendirse sin luchar.

–Las madres también tienen derechos –protestó.

–Si no fuera por la generosidad de mi fundación benéfica, no tendrías ni trabajo ni casa. Una de las condiciones para que los conserves es la sinceridad. Me ocultaste el hecho de que iba a ser padre. Eso significa que perderás ambos. Ningún juez del mundo permitiría que un niño creciera sin hogar y con una madre sin empleo. No cuando la alternativa es mejor en todos los terrenos –concluyó Alessandro en tono mordaz.

Michelle no necesitó recordar su propia y triste infancia para reconocer aquella verdad.

–¿Cómo voy a vivir contigo, y menos aún casarme

contigo, cuando lo único que haces es echarme en cara acusaciones? ¿Qué base sería ésa para una relación? Si no quieres ver la verdad, no tiene sentido que estemos juntos.

–Ya te lo dije en verano; no estoy interesado en una relación contigo. Pero sí es necesario que presentemos un frente común. ¿Recuerdas cómo ha abarrotado tu callecita la prensa internacional? Pues eso era un picnic en comparación con lo que te vas a encontrar en Italia. Allí, los paparazis están en su salsa. Mis terrenos en La Toscana son seguros. Allí no me molestan. Pero no podría garantizar nada respecto a una mujer que se niega a aceptar mi protección.

Las palabras de Alessandro fueron casi una amenaza. Michelle lo miró, pero su expresión era impasible.

–Los periodistas que había en Market Street ya se habrán ido. Ya se habrán olvidado de mí –dijo, intentando mostrarse desafiante–. Habrán encontrado una nueva presa.

–No –Alessandro negó enfáticamente con la cabeza, y toda su autoridad quedó plasmada en aquella única palabra–. No es así como funciona la prensa internacional cuando un miembro de la familia Castiglione se halla en su mira. Durante los dos últimos años yo he sido la Casa de Castiglione. ¡Yo! He transformado un negocio de risa en una institución respetable. Debido a ello, todo lo que hago es noticia en mi país, lo que es bueno para la empresa familiar mientras la publicidad sea positiva. No pienso poner en peligro el trabajo de mis empleados porque la prensa transforme tu pequeño drama en un escándalo mediático. Puedes elegir –añadió en un tono cargado de reproche–. Si te sumas al frenesí mediático organizando una escena cuando lleguemos, o te niegas a aceptar la protección que puedo ofrecerte en Villa Castiglione, te aseguro que la prensa ya no se despegará de ti.

Todas las protestas a las que Michelle iba a dar voz murieron en sus labios. La idea de llamar aún más la atención resultaba escalofriante. Lo único que quería hacer era desaparecer y mantener a su bebé a salvo. No pensaba arrojarse voluntariamente a las fauces de la prensa.

Cuando aterrizaron, Alessandro tomó a Michelle por el codo y la condujo hacia una salida privada mientras uno de sus empleados se ocupaba de las formalidades.

–Concéntrate en sonreír por si nos localiza algún fotógrafo –murmuró.

El sol destellaba en la superficie del elegante deportivo negro que los aguardaba fuera. Alessandro, que prefería conducir personalmente sus coches, había hecho que lo tuvieran dispuesto para su llegada. Abrió la puerta para Michelle antes de rodear el coche para ocupar su asiento ante el volante.

–Ahí viene un fotógrafo. Y donde hay uno habrá más –explicó con un profundo suspiro... y tenía razón.

Tuvo que sortear varias figuras que saltaron a la calzada para hacerle reducir la marcha. Todo el mundo estaba deseando captar una instantánea del famoso Alessandro Castiglione.

–Son como hormigas –murmuró tras pulsar el botón que tiñó de oscuro los cristales del coche.

Michelle se alegró de que nadie pudiera verla, pero cuando ya se habían librado de sus perseguidores bajó la ventanilla de su lado.

–¿Por qué no utilizas el aire acondicionado? –preguntó Alessandro mientras la ventanilla bajaba y el coche se llenaba de aire caliente.

–Quería ver el paisaje –dijo Michelle–. Es encantador –respiró profundamente mientras el paisaje dorado y ámbar de aquella parte de Italia pasaba ante sus ojos.

Alessandro asintió. Conducía muy relajado, sin ningún esfuerzo, y Michelle tenía dificultades para mantener los ojos apartados del hombre que había regresado a su vida de forma tan repentina. Su personalidad llenaba el coche, y no podía evitar que su cuerpo reaccionara a la cercanía del de Alessandro. Era un hombre imposible de ignorar.

Al cabo de un rato salieron de la carretera principal y tomaron un camino lleno de curvas que comenzaba a ascender. Michelle vio un pequeño pueblo en la ladera de la colina.

–Allí es donde vamos. El otro lado del valle es más bonito.

Pocos minutos después, Alessandro detenía el coche ante unas verjas metálicas. Mientras marcaba un código de seguridad en el intercomunicador, Michelle miró a su alrededor. Aquella parte de la carretera estaba sumida en sombras, acentuadas por los árboles de hoja perenne que asomaban por encima del muro. Parecía la entrada de un cementerio. Michelle sintió que su ánimo se hundía un poco más.

Pero sus esperanzas renacieron un poco cuando se abrieron las verjas.

Su primera visión del mundo de Alessandro fue deslumbrante. Un ancho sendero de una milla de largo se hallaba bordeado a ambos lados por una avenida de limeros. Michelle distinguió entre sus troncos las hileras de viñedos que cubrían los terrenos de la finca. El extremo de cada hilera estaba adornado por unos rosales llenos de flores que suponían un intenso contraste con las rígidas y retorcidas ramas de las viñas.

–Es maravilloso. Absolutamente maravilloso –susurró–. Las hojas de las viñas ya se están volviendo rojas.

–Sí... –murmuró Alessandro, como si se hubiera fijado por primera vez en que el otoño había llegado–. Las noches frías y el sol bajo hacen que cambien de color por esta época del año.

Michelle siguió contemplando el paisaje. En el horizonte había suficientes pinos y cipreses para recordarle que estaban en la auténtica Toscana. Alessandro conducía hacia la gran e intrincada villa construida sobre un promontorio rocoso. La piedra dorada y las baldosas de terracota le conferían un destello color albaricoque bajo los rayos del sol de la tarde.

–¿Ésa es tu casa? –preguntó Michelle.

–Es donde vivo... al menos parte del año. ¿Estás impresionada? –preguntó Alessandro, que parecía sorprendido.

–Claro que estoy impresionada. Nunca había visto nada parecido. Hasta ahora sólo había viajado a Francia –Michelle estaba ladeando el cuello y re-

torciéndose en su asiento para ver todo lo posible–.
¿Has construido aquí el estudio que querías?

–Aún no. Pero me va a costar salir del edificio que
he utilizado durante tanto tiempo. No se ve desde
aquí. Está en el lugar más apartado de la finca, para
asegurarme de controlar quién acude allí.

La lacónica respuesta de Alessandro llamó la
atención de Michelle. Era como si aquel nuevo y
desconocido Alessandro estuviera tratando de man-
tenerla apartada de la mejor parte de su mundo. El
resentimiento le hizo dar una respuesta igualmente
ácida.

–Supongo que eso significa que sólo lo utilizas
para recibir a gente que no pertenece a una clase tan
elevada como la tuya.

–No. Lo utilizo para estar solo –replicó Alessandro–. Mis días de trabajo están llenos de gente y
problemas. Mi estudio no. A menos que decida invitarlos.

Se acercaban a la entrada de la villa. No podría
haber habido mayor contraste entre el pequeño estudio de la villa de Francia y aquella refinada colec-
ción de edificios. El coche se detuvo en un patio
empedrado.

–Si eso es lo que sientes, me asombra que me
permitieras entrar en tu mundo secreto.

–Entonces te tenía en más consideración de la
que te tengo ahora.

Antes de que Michelle tuviera tiempo de pensar
en una respuesta, Alessandro salió del coche y lo rodeó para abrirle la puerta. Un instante después, varios empleados del servicio se acercaron para retirar
el equipaje del maletero.

Al salir, Michelle no pudo evitar quedarse asombrada ante la grandeza de la ancestral mansión de Alessandro.

–¡Este lugar es enorme!

Él la tomó de la mano y se encaminaron hacia la entrada.

–Una chica lista como tú se acostumbrará pronto a vivir aquí –dijo secamente–. Y ahora debemos comer algo. Voy a llevarte a tu dormitorio mientras el servicio se ocupa de lo demás. Ya habrá tiempo para visitar la casa luego... si no estás demasiado cansada.

La mención de la comida produjo un extraño efecto en el estómago de Michelle. Empezó a girar tan rápido como su cerebro. Las cosas estaban yendo demasiado deprisa...

–¿Michelle? ¿Qué sucede? –preguntó Alessandro mientras la miraba, evidentemente preocupado.

Michelle trató de respirar lenta y profundamente. A veces servía para retrasar lo inevitable, pero en aquella ocasión no funcionó.

–¿Hay un baño cerca? –logró preguntar.

Sin mediar palabra, Alessandro la tomó en brazos y entró con ella en la villa. Un instante después abría una puerta que daba a un espartano despacho y luego otra que daba a un baño. Michelle corrió al lavabo en cuanto la dejó en el suelo.

«A lo que han llegado las cosas...», pensó. «Estoy acurrucada en el suelo de un baño desconocido en un país extranjero» . Su vergüenza no podía ser mayor. Para un hombre sofisticado como Alessandro, aquél no debía de ser precisamente el comportamiento de una dama.

Cuando terminó se esforzó por recuperar la energía. Cuando su vista se aclaró, vio que Alessandro estaba de pie a su lado y que le estaba ofreciendo un vaso de agua.

–Lo... lo siento... –demasiado débil como para levantarse, bebió un poco mientras seguía sentada en el suelo del baño.

–Pensaba que las mujeres embarazadas sólo tenían mareos por la mañana –dijo él con calma.

–Y yo, pero durante las últimas semanas he tenido muchas oportunidades de comprobar que no es así. Puede suceder en cualquier momento del día o de la noche.

–Voy a llamar al médico para que te recete algo.

–No... prefiero que no lo llames. Desde que estoy embarazada no he tomado ni un paracetamol. No quiero empezar ahora.

–¿Estás segura?

A pesar de lo mal que se sentía, tanto física como mentalmente, Michelle asintió.

–Bien –Alessandro asintió a la vez que tomaba el vaso que Michelle sostenía en la mano–. Pareces agotada. Deberías descansar. Voy a llevarte directamente a tu dormitorio y voy a hacer que vayan a por el médico... –ya estaba pulsando los botones de su móvil, pero Michelle alzó una mano.

–No hace falta, en serio. Ya me siento mejor. Probablemente estoy peor por todo el jaleo, el viaje, y el hecho de que no he comido nada desde el desayuno.

Alessandro murmuró algo en italiano y luego palmeó distraídamente el hombro de Michelle.

–Ha sido culpa mía. Debería haber insistido en

que comieras algo más. Y hoy vas a estar demasiado cansada para recibir visitas. Le diré al médico que llame mañana por la mañana. Como una mera formalidad, pues estoy de acuerdo contigo. Mientras estés embarazada, no deberías tomar nada excepto la mejor comida y la mejor bebida, italiana, por supuesto.

Aquellas palabras hicieron que Michelle se sintiera mejor y al mismo tiempo peor. Todo se le estaba yendo de las manos. Su opinión ya no contaba para nada. Mientras su bebé hacía estragos con su cuerpo, Alessandro se estaba haciendo cargo de todo lo demás. Sabía que debería haber agradecido la ayuda, pero, de pronto, todo lo sucedido se amontonó en su interior. El largo y tenso día, el viaje y sus díscolas hormonas la arrastraron al borde de la desesperación. Apartó un mechón de pelo de su frente, incapaz de contener por más tiempo sus sentimientos.

–Nunca quise que sucediera esto... –murmuró.

Alessandro suspiró.

–Pero a veces sucede.

Pasó un brazo por la cintura de Michelle y le ayudó a erguirse. Ella se sentía tan débil que no pudo evitar apoyarse contra él. Casi esperaba que Alessandro la rehuyera. A fin de cuentas, no había estado precisamente de buen humor desde que había regresado a su vida aquella mañana. Pero en lugar de apartarla de su lado, permaneció firme donde estaba. La tensión mantuvo su cuerpo rígido y, en lugar de rodearla con sus brazos, apoyó uno de ellos en sus hombros. Michelle supuso que aquél era todo el apoyo que podía esperar, y se sintió agradecida.

Cerró los ojos y trató de olvidarlo todo excepto su bebé.

—Después de todo lo que ha pasado... ¿cómo puedo enmendar las cosas, Alessandro? Dices que quieres mejorar la reputación de tu familia, pero cuando el bebé nazca todo el mundo sabrá que tuvimos que casarnos a la fuerza.

—Ya me ocuparé de eso.

—¿Cómo? —Michelle alzó la mirada mientras Alessandro la ayudaba a salir del baño y del despacho.

—Tengo empleado al mejor equipo de relaciones públicas del país. Las exclusivas de la prensa van y vienen, pero la Casa de Castiglione debe permanecer siempre.

Había un matiz tan inusitado en su tono que Michelle no se atrevió a preguntar a qué se refería. Como si hubiera leído su mente, Alessandro cerró sus manos en torno a las de ella. Aquel gesto tuvo toda la calidad y delicadeza de los que hasta entonces habían carecido su expresión y su voz, pero sólo duró unos segundos. Tras estrechárselas rápidamente, la soltó y la guió hacia las grandes escaleras de mármol del vestíbulo.

—Yo me ocuparé de ello —repitió con firmeza.

Capítulo 8

A MICHELLE le hubiera gustado sentirse aliviada con las palabras de Alessandro, en lugar de ello se sintió más confusa que nunca. Todo aquel desastre había sucedido porque en una ocasión puso toda su fe en él. Sabiendo lo que sabía ahora, habría supuesto un exceso de fe creer que realmente fuera a ocuparse de algo. Y en cuanto a casarse con él...

Estaba destrozada, física, mental y emocionalmente, y ya no sabía qué pensar. Cuando una empleada del servicio doméstico subió con una sonrisa y le hizo una pregunta ininteligible, ya no pudo más. Rompió a llorar.

Alessandro despidió a la joven con un gesto de la cabeza. Esperó a quedarse a solas con Michelle antes de hablar.

–¿Qué sucede? –preguntó en tono distante.

–No... no he podido entender lo que ha dicho... no hablaba in... inglés –balbuceó Michelle entre sollozos.

–¿Y por qué iba a hablar inglés? Ahora estás en Italia. Tendrás que aprender italiano. Pero no te preocupes. Ya buscaré alguien que te enseñe.

Lo último que quería Michelle en aquellos momentos eran lecciones. La idea de tener un profesor hizo que surgieran los peores recuerdos de sus clases de matemáticas en el colegio. Al ver que no dejaba de llorar, Alessandro suspiró y volvió a ofrecerle el pañuelo que le había dado en el avión.

—¿No podrías enseñarme tú?

—No paso suficiente tiempo aquí. Como ya te he dicho, Villa Castiglione es el lugar que utilizo para descansar del trabajo. Paso largos periodos fuera.

—¿Me voy a quedar aquí sola?

—Hay sitios peores. La calle Market llena de periodistas, *per esempio*.

Michelle no necesitaba hablar italiano para comprender la velada amenaza de las palabras de Alessandro. «Si no te gusta esto, puedes volver a aquello». Trató de retarlo con la mirada, pero fue imposible. Tenía los ojos demasiado rojos. Y sabía que ir en contra de cualquiera de sus decisiones sería como golpear una pared con los puños.

Alessandro había aprendido en su infancia que las emociones eran una debilidad. En su opinión, los hombres fuertes no podían permitírselas. Y ésa era su realidad. Sus verdaderos sentimientos estaban tan profundamente enterrados que apenas sabía que existían. Pero Michelle casi logró lo imposible. Sin duda era una gran actriz. Aquel verano lo había pillado completamente desprevenido con sus suaves palabras y su habilidad para la seducción, pero aquello no volvería a suceder.

Mientras guiaba a Michelle hacia su suite entre estatuas y pinturas de precio incalculable, trató de concentrarse en lo que le rodeaba. Villa Castiglione era lo más cercano a un hogar que tenía, aunque, dado su tempestuoso pasado, la palabra «hogar» era

demasiado íntima y acogedora. Los visitantes le ponían nervioso. Era como dejar expuesto un nervio.
Tomar la decisión de llevar allí a Michelle había
sido difícil, pero sentía que era lo menos que podía
hacer. Ningún padre debería criar solo a su hijo.

Se dijo que debería alegrarse de que hubiera aceptado su decisión tan dócilmente. Él no era un matón
por naturaleza, y no le gustaba tener que forzarla en
ningún aspecto. Seguía conservando el recuerdo de
la dulzura y frescura que habían compartido aquellos deliciosos días de verano, y quería conservarlo.
Michelle se había mostrado tan natural, tan atenta...
Todo en ella resultaba incitante, tentador... especialmente su cuerpo.

La miró mientras avanzaban por el pasillo.

–Ya tienes mejor aspecto –comentó.

–Va y viene.

«Como la lealtad de una mujer», pensó para sí,
aunque se esforzó para que no se notara en su expresión. Aquel día Michelle estaba aún más atractiva de
lo que recordaba, con sus pechos tentadoramente re-
alzados por un ceñido top. El pensamiento de tenerlos
entre sus manos desató una oleada de deseo en su interior. Sabía que no le iba a resultar fácil contenerse.

Cada vez que un miembro del servicio domestico
se cruzaba con ellos, inclinaba la cabeza en dirección a Michelle como si perteneciera a la realeza. A
pesar del largo y tenso día que había pasado, Alessandro no pudo evitar sonreír. Se notaba que a Michelle le encantaba. A pesar de las circunstancias,
aquello agradaba a Michelle. A fin de cuentas, com-
placer a las mujeres era uno de sus pasatiempos favoritos.

La expresión de Alessandro se ensombreció cuando sintió la vibración de su móvil en el bolsillo. Lo apagó sin contestar.

Recientemente votado como el empresario más sobresaliente de Italia, Alessandro había triunfado a base de mostrarse implacable. La tribu de los Castiglione no había querido creer que un hombre que se preciara de ser italiano pudiera ser capaz de despedir a sus propios parientes, pero él lo había hecho. Luego argumentaron que lo menos que podía hacer por la familia después de aquello era casarse con una buena chica toscana, y con ello se referían a una de sus primas. Se suponía que debía tener hijos para asegurar el futuro de la Casa de Castiglione y ofrecer trabajo a sus parientes para toda la vida.

Alessandro se irritaba sólo con pensar en aquello. Nunca había recibido órdenes de nadie, y no pensaba empezar ahora. No debía nada a su numerosa familia. Y cada vez que recordaba cómo lo había tratado su padre...

—¿Alessandro? ¿Estás bien?

—¿Qué? —Alessandro salió de su ensimismamiento y miró a Michelle. Ver su dulce y aprensiva sonrisa le recordó por qué estaba allí, en su santuario.

«Los Castiglione quieren un heredero para la empresa de la familia. Y aquí lo tienen», pensó con amargura.

—Estaba pensando en cosas del trabajo —dijo a la vez que se encogía de hombros.

—Entiendo perfectamente a qué te refieres —contestó Michelle enfáticamente.

Su respuesta fue tan sentida que Alessandro rió. No pudo evitarlo. Era la primera vez que reía en varias semanas. Intercambiaron una mirada de sufrimiento compartido. Por un instante, la magia de su mutua comprensión los unió.

Pero la risa de Michelle murió en sus labios sin llegar a manifestarse. Sus labios se entreabrieron de un modo que hizo comprender a Alessandro que no estaba pensando precisamente en el trabajo.

Su deseo por ella volvió a surgir, amenazando con hacer desaparecer sus máscara de civilización. Necesitaba besarla hasta dejarla sin sentido allí mismo, en la galería, deslizar las manos por su cálida y tentadora piel, llevarla a la cama y hacerle el amor toda la noche...

«¡Pero eso no resolvería nada!», se dijo. Utilizar el sexo para alejar los recuerdos dolorosos nunca le había servido de nada en el pasado. Pero incluso mientras sentía la necesidad de probar el camino fácil hacia el olvido se hizo consciente de una nueva desconcertante verdad. Por primera vez en su vida había admitido que el sexo por sí mismo nunca sería suficiente para aplacar su dolor.

Quería que alguien se llevara la terrible sensación de vacío que resonaba en su interior.

Atrapada por la mirada de Alessandro, Michelle fue incapaz de moverse. El contacto directo de sus dedos no podría haberle afectado más. El deseo volvió a revivir en su interior, pero sabía por experiencia que una vez que aquel hombre ponía algo en marcha no había vuelta atrás...

Alessandro alargó una mano para apartar un mechón de pelo de la frente de Michelle. Con un lento y calculado movimiento, lo colocó tras su oreja.

–Aún parece de seda –murmuró a la vez que se inclinaba hacia ella–. Sentía curiosidad... Pensaba que el embarazo produciría toda clase de cambios en tu cuerpo.

Michelle comprendió que iba a besarla. La sensación de anticipación que experimentó crepitó en el aire como una descarga eléctrica. Irresistiblemente atraída hacia él, cerró los ojos mientras esperaba su caricia...

De pronto sintió que Alessandro dudaba. Un instante después escuchó un saludo procedente del fondo del pasillo. Era una empleada doméstica, que acudía a darle un recado.

Michelle tuvo que apartarse y observar la escena mientras hablaban en italiano. No entendió nada. Se sintió dolorosamente aislada.

Una vez cumplido su trabajo, la doncella se marchó. Todos los miembros del servicio se comportaban como si Alessandro tuviera compañía femenina en la villa todo el rato... algo que probablemente era cierto.

–Tus habitaciones están listas –dijo Alessandro, que volvió a adoptar una actitud distante con ella.

Cuando llegaron al final del largo pasillo se detuvo ante una gran puerta de roble y la abrió.

–Bienvenida a tu suite, Michelle. Estoy seguro de que te gustará.

Michelle alzó una ceja con expresión irónica al suponer que no era más que una chica más en la larga lista de invitadas de Alessandro, pero su expresión cambió cuando vio el interior de la suite.

No esperaba más que una habitación sencilla con un baño, pero lo que estaba viendo era una amplia

sala iluminada por el sol con una mesa y varias sillas de aspecto cómodo... y eso sólo era el recibidor.
En un extremo, una puerta de cristal opaco dejaba
entrever un pasadizo bordeado de columnas que llevaba a una de las torres de la villa.

Alessandro la condujo hasta la puerta y la abrió.
Michelle cruzó el umbral, pero sólo dio un par de
pasos antes de detenerse.

–Adelante. ¿A qué esperas? –dijo Alessandro.
Michelle estaba demasiado ocupada contemplando
la escena que tenía ante sí. El pasadizo daba a las em-
pinadas laderas sobre las que se hallaba la villa, y uno
tenía la sensación de estar en la cima del mundo.

–La vista es... ¡asombrosa! –dijo, maravillada.

–Cuidado... Hay mucha altura –Alessandro se
acercó a ella al ver que se iba a apoyar sobre la barandilla.

Michelle tomó la precaución de no mirar hacia
abajo, sino al frente, donde se extendía un valle
lleno de castaños. El otoño ya estaba tiñendo de oro
sus hojas.

–¿Tienes frío?

–Estoy bien.

Michelle no comprendió cómo había notado
Alessandro que se había estremecido... hasta que
notó que sus pezones presionaban reveladoramente
contra la tela de su blusa. Se cruzó rápidamente de
brazos. Su cuerpo anhelaba ilícitamente las caricias
de Alessandro, pero éste ya pensaba lo peor de ella.
Se ruborizó intensamente y Alessandro sonrió,
dando a entender que sabía a qué se debía su rubor.

–Vamos al interior de la torre. Parece que la comida ya está lista.

Su oído debía de ser tan fino como su mirada, pensó ella mientras él señalaba el extremo del pasadizo.

Michelle tenía una de las torres de cuento de la villa como hogar temporal. Un soleado cuarto de estar daba a una terraza con más vistas impresionantes. Pero ésa no era la única sorpresa. Una doncella uniformada estaba disponiendo una mesa para dos en un invernadero lleno de flores. La fragancia de éstas se mezclaba con las especias orientales utilizadas para condimentar la comida.

—Ambos hemos tenido un día muy tenso y ajetreado, Michelle. Ahora vamos a sentarnos y a disfrutar de una buena comida para relajarnos.

Alessandro apartó una silla de la mesa para que Michelle se sentara. El apetito de ésta experimentó uno de sus ya familiares y radicales cambios. Mirar la comida le hizo revivir. No pudo evitar reír nerviosamente mientras se sentaba. Veinticuatro horas antes estaba comiendo un huevo con patatas fritas sentada ante un televisor portátil. En aquellos momentos, Alessandro Castiglione, un hombre de negocios multimillonario, la estaba agasajando ante una mesa llena de exóticos manjares. Él estaba como para comérselo... al igual que todo lo que la rodeaba.

«Es la situación ideal para la seducción», pensó involuntariamente. Aquello hizo sonar la alarma en su mente. Sabía que debía mantenerse en guardia. Ya había entregado todo a Alessandro... y él había respondido abandonándola. Sin embargo, saber que su muslo estaba a escasos centímetros del de ella bajo la mesa le estaba haciendo olvidarlo.

—Esto es sólo una muestra de lo que pueden hacer

mis cocineros. Dime lo que te gusta y me aseguraré de que esté en el menú –dijo Alessandro mientras tomaba una bandeja y se la ofrecía a Michelle. Sus dedos se tocaron cuando ella la tomó, y él sonrió.

Fue el más simple de los gestos, pero la expresiva mirada de sus ojos reveló a Michelle más de lo que habrían podido hacerlo las palabras. Él también estaba sopesando la difícil situación en que se hallaban.

–Últimamente no como mucho –dijo Michelle mientras servía una pequeña porción de paté en su plato. Estaba hambrienta, pero no estaba segura de que sus nervios fueran a permitirle comer.

Alessandro la miró mientras le ofrecía un poco de ensalada de naranja.

–Debes comer. Todo lo que entre en tu boca debe hacer bien al bebé. Tienes suerte de poder ejercer esa influencia sobre su salud y bienestar.

Michelle se tensó al escuchar aquello. La mención de su bebé no era más que una manera de obligarla a hacer lo correcto. Aceptó la ensalada, pero sabía que debía cambiar de tema. Lo último que necesitaba era el falso interés de Alessandro por su bienestar.

–Tienes suerte de vivir en un sitio así –dijo animadamente–. Debió de ser maravilloso crecer aquí. Montones de criados para ocuparse de todo y ninguna preocupación por las notas que pudieras sacar en el colegio.

–La suerte no tiene nada que ver con eso. Fue mi desgracia nacer aquí, pero aproveché al máximo la mano que me ofreció la vida.

Michelle se quedó boquiabierta. El punto de vista

de Alessandro sobre su privilegiada vida le parecía realmente escandaloso, pero éste estaba demasiado ocupado sirviéndose la comida como para notar el efecto que sus palabras estaban teniendo en ella.

—El único motivo por el que soy rico es porque trabajo duro. Este lugar no tiene nada que ver con la Casa de Castiglione. Más bien es mi refugio de ésta. Y ahora, mejor será que comamos algo.

Pero Michelle había perdido el apetito. Dejó los cubiertos a un lado. ¿Quién podía pensar en comer en una situación como aquélla?

Alessandro interpretó su gesto como una invitación a que le sirviera y puso un par de finos filetes en su plato.

Michelle no pudo evitar preguntarse a cuántas mujeres habría atendido del mismo modo en aquel lugar... y qué les habría pasado luego.

—Si vamos a casarnos —dijo, despacio—, debería saber algo más sobre ti.

—Podrías haber hecho eso antes si hubieras llamado al número de contacto que te dejé —replicó Alessandro con frialdad.

Michelle no ocultó su indignación.

—¡Te aseguro que lo intenté! Pero su secretaria se negó a ponerme contigo. Oí cómo decía a alguien que «era otra más de la lista». ¡Eso me hizo comprender que dabas a todas tus mujeres el mismo número, consciente de que nunca superarían la barrera de tus lacayos! —concluyó precipitadamente.

Se produjo un largo y tenso silencio. Cuando, finalmente, Alessandro contestó, lo hizo con tal veneno que Michelle se encogió en su asiento.

–De manera que piensas que soy la clase de hombre que miente a las mujeres, ¿no? –Alessandro no apartó la mirada de los ojos de Michelle mientras pinchaba un trozo de carne con su tenedor–. Déjame decirte que considero que ésa es la peor forma de engaño posible.

Michelle apartó la mirada en un esfuerzo por ocultar el dolor que le producía recordar los momentos felices que pasaron juntos. Era evidente que la sinceridad tenía un significado distinto para Alessandro.

–Eras tan distinto a las otras personas para las que había trabajado... Te comportaste de un modo tan natural cuando nos conocimos... Ahora descubro que tienes montones de empleados, un avión privado, coches, apartamentos en montones de países –se interrumpió. No quería que Alessandro pensara que estaba obsesionada con su estilo de vida–. Me dijiste que viajabas mucho a causa de tu trabajo, por supuesto... –concluyó sin convicción.

–La Casa de Castiglione es suficiente motivo para mantenerme en marcha –asintió Alessandro, que le dedicó una breve sonrisa–. Pero hay más que eso. Como ya te dije, no me gusta sentirme atado, ni por las personas ni por los lugares.

El ambiente se relajó un poco, pero, a pesar de su sonrisa, no quedaba ningún resto de diversión en la expresión de Alessandro. Sus palabras habían sido una clara advertencia, pero su cercanía era un continuo recordatorio para Michelle del placer que compartieron. Era como si Alessandro sintiera la profundidad de la atracción que sentía por él pero se negara a alentarla... más bien todo lo contrario.

Michelle hizo un esfuerzo por concentrarse en su comida. Se sentía aturdida, como si Alessandro fuera un maestro del hipnotismo. Podía convencerla de una cosa y luego hacerle salir de repente de su sueño para contarle otra.

—Antes de heredar el negocio de mi padre triunfé en el mundo de los negocios por mi cuenta —continuó Alessandro—. Terminé el colegio en cuanto pude, me puse a trabajar en una hamburguesería y llegué a ser director general de la cadena.

—¿Trabajaste sirviendo comida rápida? —preguntó Michelle, incrédula.

—Quería ponerme a prueba en un terreno en el que nadie pudiera decir que me había aprovechado del nombre de mi familia. De manera que eso fue exactamente lo que hice. Bajo mi dirección, la hamburguesería llegó a ser la número uno del mercado y ganó varios premios por la calidad de sus alimentos.

—Imagino que tus padres estarán muy orgullosos de ti.

—¡Ja! Ni en sueños —murmuró Alessandro con una extraña expresión—. En cualquier caso, ya están muertos. Si leyeras las columnas de cotilleo, lo sabrías. También sabrías que mi padre era el hombre más generoso del mundo... pero sólo con el dinero. En lo referente al amor y la lealtad... —se interrumpió bruscamente y volvió a centrarse en su comida. Sus movimientos eran tan rígidos que Michelle supo que estaba viendo una herida abierta. Quería averiguar más cosas, pero sintió que era más seguro cambiar de tema.

—Supongo que al menos contaste con tu madre para adquirir la seguridad que tienes —Michelle suspiró. Los demás siempre la tenían. Era un dolor que experimentaba cada vez que las conversaciones se centraban en la vida familiar.

–Nunca tuve una madre real.

Alessandro dijo aquello en un tono totalmente carente de sentimiento.

Michelle lo captó de inmediato y lo miró.

–Oh, lo siento.

Él irguió la cabeza para mirarla. Michelle notó que había vuelto a alzar las barreras.

–Me sirvió de entrenamiento para triunfar. Cuando me vi catapultado a lo más alto de la Casa de Castiglione nada cambió. Y todo.

Michelle aprovechó la ocasión para dejar el tema de la familia. Ya había sufrido bastante ella con la suya. Era un alivio averiguar que no había sido la única, pero aquél no era momento para autopsias.

–¿Pasaste directamente de la comida rápida al arte? ¡Menudo cambio! ¿Cómo lo lograste?

–No supuso ningún problema –Alessandro se encogió de hombros–. Había pasado mucho tiempo luchando por mejorar la comida rápida internacional. Para mí, la calidad lo es todo. Trabajar en la Casa de Castiglione fue como dejar una ajetreada plaza para entrar en una antigua catedral. Es posible apreciar ambos ambientes en el momento adecuado y en las circunstancias apropiadas.

–Así que tuviste suerte.

–No creo en la suerte. Toda la vida he labrado mi propio éxito sin la ayuda de nada ni de nadie. ¿No hay un refrán que dice que quien viaja solo viaja más rápido?

Michelle apenas podía creer lo que estaba escuchando. Toda la vida había creído que ella era la única persona que había tenido que pasar cada segundo de su vida demostrando algo. Pero por lo visto no era la única. Siempre se había sentido tan desesperada por recibir aprobación que en su vida no había habido lugar para nada excepto para trabajar con su madre. Al parecer, Alessandro convivía con demonios parecidos. Lo miró sin ocultar su incredulidad.

—La gente que dice cosas como ésa suele ser solitaria e introvertida. Sin embargo, tu pareces tan seguro de ti mismo y has tenido tanto éxito... ¡No puedes sentirte solo! —escudriñó su rostro para tratar de ver si tenían algo más en común—. ¿O sí, Alessandro?

Alessandro tomó un sorbo de vino, pensativo. Luego apoyó los codos sobre la mesa, cruzó los dedos y descansó la barbilla sobre ellos.

—Ésa es una pregunta muy personal. ¿Te he preguntado yo alguna vez cómo fuiste capaz de irte de Inglaterra tan pronto tras la muerte de tu madre?

Hasta aquel momento Michelle lo había estado mirando con expresión de asombro, pero aquellas palabras le hicieron bajar la mirada hacia su plato.

—Creo que será mejor no entrar en ese tema. Mi madre se habría muerto de vergüenza si hubiera sabido que me había convertido en una de esas chicas que se quedan embarazadas en verano...

—Pero tu madre ya no puede ejercer ninguna influencia sobre ti —dijo Alessandro—. Ha muerto y tú ya eres una chica mayorcita.

Michelle sintió el roce de su muslo bajo la mesa.

¿Había sido un accidente? El brillo seductor de aquellos ojos de grafito le recordaron que Alessandro Castiglione era un hombre.

–Puede –dijo, insegura.

El siguiente movimiento de Alessandro la convenció. Se inclinó hacia ella esbozando una sonrisa:

–Has demostrado que eres lo suficientemente mujer como para tener un hijo mío, Michelle. Y ahora mismo eso es lo único que me importa. Lo único.

Sus movimientos empezaron a hablar directamente a Michelle. Los largos y fuertes dedos de su mano izquierda estaban acariciando el mantel, y la mirada que le dedicó fue de una intimidad incuestionable.

–Te sorprendería saber cómo era realmente –murmuró a la vez que apartaba la vista y se servía un vaso de agua.

Lo necesitaba. Alessandro estaba haciendo que la temperatura le subiera a marchas forzadas. Tenía que cambiar de tema antes de que el recuerdo de los primeros besos que compartieron volviera a perseguirla.

–Supongo que traes a esta villa a todos tus sofisticados amigos, ¿no?

–Sólo a aquéllos que me llegan a interesar lo suficiente como para invitarlos. Y escasean tanto como la inteligencia en los círculos en que me muevo. Hasta ahora no había invitado a nadie a alojarse en una de las suites para invitados.

Alessandro se sirvió un vaso de agua y tomó un sorbo, moviéndose con una seguridad y elegancia que dejó a Michelle sin aliento. No podía escapar de su hipnótica mirada. Sintió que la sangre recorría sus venas como champán. La calidez de la excitación que experimentó le hizo moverse en el asiento.

Alessandro pinchó un poco de ensalada con su tenedor, pero hizo una pausa antes de alzarlo del plato.

—Mujeres bella, esculturas, música... me interesa todo, pero la pintura siempre ha sido mi favorita.

—Supongo que disfrutarás trabajando para una agencia de arte internacional como la Casa de Castiglione.

—Es cierto que disfruto con mi trabajo... pero no con la gente con que trabajo. Allí donde hay dinero, la envidia y el dolor siempre andan cerca.

—Lo sé —Michelle movió la cabeza con pesar. Recordó cuánto le costó ahorrar para conseguir el coche que había comprado el año anterior. Cuando salió al día siguiente de casa con la ilusión de estrenarlo, se encontró con que le habían robado las cuatro ruedas y lo habían rayado por completo.

—Ahora que me he convertido en el dueño de la Casa de Castiglione, todo el mundo quiere conocerme. Desafortunadamente, ese afán se debe tan sólo al interés.

—Estoy segura de que eso no es cierto.

Alessandro rió.

—Eso sólo podría decirlo una mujer que no siente la necesidad de impresionar a nadie.

Michelle estaba cada vez más convencida de que aquel hombre tan atractivo y extrañamente cauteloso la perseguiría hasta el final de los tiempos. También sabía que no necesitaba decírselo. Seguro que despertaba la admiración allí donde fuera. Ella era tan sólo un pececillo, superado por un montón de celebridades.

Alessandro había recibido buenas cartas de la vida, crianza, dinero y confianza, mientras que ella no tenía ninguna. Lo triste era que no parecía disfrutar de ninguna de ellas.

Capítulo 9

MICHELLE observó a Alessandro mientras tomaba un sorbo de agua.

–Realmente sabes cómo vivir, Alessandro –dijo a la vez que dejaba el vaso cuidadosamente junto a su plato.

Alessandro no contestó. Michelle tenía tantas cosas que preguntarle. Más descansada, y con nuevas energías tras comer aquella deliciosa comida, no pudo evitar abordar el tema que más le acuciaba.

–Toda esta belleza rodeada de tanta seguridad... –continuó a la vez que miraba a su alrededor–. ¿Cuánta gente ha logrado superar tus defensas? –preguntó.

–Hasta ahora, nadie.

Aquél era el pie que Michelle necesitaba.

–En ese caso, resulta aún más asombroso que dijeras a la prensa que soy tu prometida.

–Ya te lo he dicho. Es la solución más fácil. Nos casaremos cuanto antes para legitimar al bebé. Así satisfago mi conciencia, la Casa de Castiglione consigue el heredero que necesita y ya no tendré que preocuparme por la publicidad adversa. Las cosas mejorarán aún más cuando llegue el bebé. Proyectaremos la imagen de una familia perfecta.

Michelle apenas podía creer lo que estaba escuchando.

–¿Vas a utilizar a nuestro bebé para mejorar la imagen de la Casa de Castiglione?

–A diferencia de mis progenitores, pienso proteger al máximo a mi hijo. Ningún hijo mío será utilizado para obtener publicidad barata. Tampoco será utilizado como peón, moneda de cambio, o él último accesorio de moda de su madre.

Momentáneamente desconcertada, Michelle reaccionó riendo.

–¡Suenas como una nota de prensa, Alessandro!

–Simplemente soy realista. Por eso te advertí que no cayeras en la tentación de enamorarte de mí.

Michelle había sentido un millón de cosas por él a lo largo de aquellos meses, aunque amor no era la palabra que habría utilizado para definirlas. Deseo y añoranza, desde luego, pero ¿amor? No estaba segura de saber qué era el amor. Desconociendo lo que se sentía amando y siendo correspondida, ¿cómo podía saberlo?

Mirando a Alessandro, sintió que una nueva ambición tomaba forma en su interior. Sabía lo que era vivir en el aislamiento del trabajo y el deber. Romper las barreras que rodeaban a Alessandro sería un auténtico logro. Era algo que les haría bien a los dos. Además, había peores cosas en la vida que trasladarse al ala de invitados de aquella villa toscana. Por ejemplo, la perspectiva de ser madre soltera en Inglaterra.

Sonrió traviesamente y trató de encontrar algún resquicio en la armadura de Alessandro.

–¿No se te ocurrió pensar que podría haber llegado a odiarte por abandonarme y que podría haber rechazado tu oferta para venir aquí?

Las palabras de Michelle confirmaron a Alessandro lo inexperta que era.

–No. Ni por un instante. Vi que necesitabas ayuda, y sienta lo que sienta al respecto, yo puedo dártela. No podías rechazarme –movió la cabeza–. ¿Estás lista para el postre? Es una tarta especial del chef. Lleva miel.

Michelle se limitó a asentir. Hablar habría supuesto romper su concentración. En su mente, ya había empezado a socavar la helada reserva de Alessandro.

Alessandro le sirvió un trozo de tarta. A Michelle le habría gustado que aquello hubiera sido otra excusa para que sus manos se rozaran de nuevo, pero no fue así. La semisonrisa de Alessandro casi sirvió de compensación, pero no del todo. A pesar de todo, por un momento se convenció de que los muros que ocultaban sus verdaderos sentimientos habían empezado a caer.

–Vamos, pruébala –la instó Alessandro.

Su rodilla rozó la de Michelle bajo la mesa. Anhelante, Michelle rogó para que no hubiera sido un accidente. Tomó la cucharilla y probó la tarta. La miel no solía gustarle demasiado, pero en cuanto saboreó la tarta su opinión cambió de inmediato. Cerró los ojos y disfrutó del sabor.

–Es toda una experiencia, ¿verdad? –murmuró Alessandro.

–Está riquísima.

Michelle terminó toda la tarta y luego se apoyó contra el respaldo de su silla con un suspiro.

–Estaba realmente deliciosa.

–Me alegra que te haya gustado –Alessandro ya

había terminado su postre y la estaba observando con los dedos entrecruzados bajo la barbilla–. ¿Quieres café?

–Será mejor que no –dijo Michelle con pesar–. No logro soportar su olor desde...

–Lo supongo –Alessandro la interrumpió antes de que pudiera mencionar su embarazo–. Dicen que afecta a todos los aspectos de tu vida.

Michelle asintió, consciente de que Alessandro debía querer evitar el tema. Se sentía torturada por sentimientos muy poderosos, sentimientos que no tenían nada que ver con su embarazo, sino con Alessandro.

–Y de la mía –añadió a la vez que se ponía en pie–. Si no estás demasiado cansada, puedo enseñarte la casa ahora.

La idea de dar una vuelta por la villa al atardecer era muy atractiva. Aunque el hecho de que su guía fuera nada menos que Alessandro resultaba un poco difícil de asimilar. Tras un comienzo incierto, aquel día había resultado un sueño tejido de fantasías. Se había visto arrastrada a un mundo completamente distinto al que conocía. Había tanto que asimilar... y, a pesar del resentimiento de Alessandro, no podía resistir la tentación de pasar más tiempo con él. Tal vez al despertar comprobaría que todo había sido una falsa ilusión. Todo desaparecía en una ráfaga de realidad. Podría suceder. A fin de cuentas, Alessandro ya había desaparecido de su vida en una ocasión, llevándose con él su felicidad. ¿Qué podía impedirle volver a hacer lo mismo?

Inició la visita de la villa decidida a no mostrarse demasiado maravillada. Pero fue imposible. Cuando

Alessandro le enseñó el gimnasio se quedó boquiabierta. A partir de ahí le costó mucho no dejar escapar alguna exclamación de asombro cada vez que
veía algo. Sólo los vestidores de las habitaciones
eran más grandes que su casita en Inglaterra. Cuando
Alessandro la guió por la piscina hacia el bar, sintió
que entraba en el cielo.

–Necesitas hacer mucho ejercicio. Me he infor-
mado y he averiguado que puedes nadar casi hasta
que llegue el momento del parto –dijo Alessandro
con satisfacción.

Michelle miró los mosaicos de motivos florales
que adornaban el fondo y las paredes de la piscina.
Luego se fijó en los grandes tiestos de terracota que
había en cada rincón y en torno al bar con toda clase
de plantas exóticas.

–¡Es como un jardín tropical! –exclamó. Cuando
se acercó a admirar una fuente de orquídeas, se
quedó asombrada al ver una ranita parpadeándole
entre las hojas.

–El par original llegó escondido entre unas planta
importadas. Les encanta estar aquí, y desde entonces han criado –dijo Alessandro con suavidad tras
ella–. Me gusta dejar que se queden... mientras se
comporten como es debido.

Michelle se preguntó si pensaría aplicarle la
misma norma a ella. Si controlaba tan de cerca el
comportamiento de unas criaturas salvajes, tal vez
pensaba hacerlo también con ella. Pero, por extraño
que hubiera sido su comportamiento al llevarla allí y
organizar un matrimonio sin amor, al menos su bebé
tendría la oportunidad de disfrutar de una infancia
perfecta.

«Y tal vez yo tenga alguna esperanza de ser feliz con el tiempo», pensó mientras Alessandro seguía enseñándole la villa. Hasta que se habían conocido, Michelle había pasado sus veintitrés años de vida preocupándose por lo que pudieran pensar los demás de ella. Después, tras unos gloriosos días de verano, Alessandro había hecho que todos sus temores se esfumaran. Colmó su mente y sus sentidos hasta que nada más importó. Por mucho que se esforzara en recordar el mal recuerdo de su comportamiento posterior, los recuerdos felices superaban a éste.

Mientras paseaban por la villa no apartó los ojos de él en cada ocasión que pudo. Su aristocrática y relajada presencia estimulaba sus sentidos como nadie lo había hecho hasta entonces. Y, a juzgar por su expresión, él también estaba teniendo que hacer esfuerzos para contener sus propios impulsos.

Michelle no tardó mucho en descubrir cuáles eran aquellos impulsos. Empezaba a atardecer cuando llegaron de vuelta al gran vestíbulo de Villa Castiglione.

–Supongo que éste es el fin de la visita –dijo con auténtico pesar.

–Aún tienes que ver mi despacho y el dormitorio principal –contestó Alessandro mientras se encaminaba hacia una gran puerta blanca. Tras abrirla, se apoyó contra ella.

Michelle pasó al interior. El despacho de Alessandro contaba con todo lo último en tecnología, y además estaba lleno de tiestos con plantas y flores. Alessandro la condujo hasta un ascensor que llevaba a lo alto de la casa. Cuando sus puertas acristaladas se abrieron se encontraron en un mundo en el que el sonido quedaba amortiguado por una gruesa alfombra color crema y el exótico follaje de las plantas. Cuando llegaron a la suite, Michelle oyó el canto de unos pájaros.

–¡Oh, una pajarera! –exclamó Michelle al ver unos pájaros tropicales revoloteando entre las hojas en un rincón protegido–. Siempre he querido tener una.

–Lleva mucho tiempo aquí. Fue un capricho de mi padre. A mí no me gusta que se encierre a las criaturas salvajes, pero lo cierto es que están muy bien atendidos. No fiaría su cuidado a nadie más, de manera que seguirán viviendo aquí el resto de su vida. Pero no pienso reemplazarlos cuando mueran –Alessandro se inclinó y dedicó a los pájaros una sonrisa que conmovió a Michelle–. Pero se está haciendo tarde –añadió–. Puedes volver a visitarlos cuando hayas visto el resto de mi suite.

Michelle miró con aprensión un par de puertas color crema que daban al vestíbulo.

–No estoy segura... apenas nos conocemos...

–Eres la madre de mi hijo y hoy te he presentado como mi prometida. No puede haber nadie más adecuada para juzgar las redecoraciones que he pedido que se hagan.

Alessandro hizo pasar a Michelle a una gran sala de estar. Elegante y sofisticada, en delicados tonos verdes y crema, resultaba aún más bonita gracias a las oscuras alfombras de sus suelos y las piezas de anticuario y obras de arte que la adornaban. Michelle habría querido observarlas más atentamente, pero Alessandro la condujo hasta un par de altas puertas correderas que daban a un balcón. Tan sólo una delicada barandilla los separaba de la finca Castiglione. Aunque estaba oscureciendo, Michelle tuvo la sensación de un gran espacio, contenido tan sólo por las colinas que se alzaban en torno a las ancestrales tierras de Alessandro. Un parpadeo distante de luces indicaba por dónde transcurría la carretera que cruzaba el valle Tiebolino.

–Puedo pasarme las horas muertas aquí fuera –dijo Alessandro en un tono de confianza que Michelle no había escuchado en semanas–. La finca suele estar desierta para cuando estoy libre para ir de paseo. Pero, ocasionalmente, la vida de alguien aparece en mi campo de visión por unos momentos, algún miembro del servicio, o algún trabajador de la finca. Puede que escuche algunas palabras, o que sea testigo de alguna escena... pero enseguida se van. Lo que suceda después no es asunto mío, sólo suyo... a menos que requiera dinero, por supuesto –su expresión se endureció y Michelle vio que apretaba con las manos la barandilla del balcón–. En ese caso soy el primer puerto al que acude todo el mundo.

A pesar del hastiado tono con que hablaba del dinero, había cierto matiz de satisfacción en su voz. Michelle estaba intrigada. Nunca había conocido a nadie que disfrutara observando a otros desde lejos, como le sucedía a ella.

–Es perfecto, ¿no? –dijo, sonriente–. Por un rato puedes disfrutar de cierta intimidad con otros, aunque ellos no puedan esperar nada de ti. No saben que existes. Observar desde aquí debe de darte el camuflaje perfecto. Ojalá tuviera un lugar como éste en Inglaterra.

—¿Y por qué necesitarías ocultarte? —preguntó Alessandro.

—Siempre he preferido fundirme con el paisaje a sobresalir.

Alessandro tardó unos segundos en contestar. Cuando lo hizo, su tono estaba cargado de amargura.

—Al menos tú has tenido la oportunidad de elegir.

Michelle rió al escuchar aquello.

—¿Bromeas? Mi madre me hizo participar año tras año en el concurso de la Señorita Burbuja a partir de los cinco años.

—¿La Señorita Burbuja? —repitió Alessandro, desconcertado.

—Es un concurso de belleza nacional promocionado por un empresa inglesa fabricante de jabones —explicó Michelle—. La ganadora consigue que su foto salga en el envoltorio durante todo un año, y su propio peso en productos de la compañía.

Alessandro trató de mostrarse impresionado, pero Michelle notó que estaba conteniendo la risa. Siempre le había sucedido lo mismo con todo el mundo... especialmente con los jueces del concurso.

—¿Ganaste?

—Ni una vez en cinco intentos. Mi madre se gastó una fortuna en laca y lecciones de dicción, pero no le sirvió de nada. No dejó de llevarse decepciones desde el momento en que nací. Quería una muñeca con la que jugar a vestiditos y en lugar de ello me tuvo a mí —Michelle extendió las manos ante sí en un expresivo gesto.

Alessandro rió.

—Creo que a eso le llaman en inglés andar a la

caza de cumplidos –la expresión del rostro de Michelle cuando escuchó aquello hizo aflorar al cínico que llevaba dentro–. Oh, vamos. Estás rompiendo mi corazón, Michelle. Seguro que no fue tan terrible ser mimada y acicalada todo el rato.

–La afición de mi madre era exhibirme –contestó Michelle con sencillez–. Mucho después, cuando papá murió y mi madre se quedó sin ingresos comprendió lo que mis profesores llevaban tiempo diciéndole. No estoy hecha para el espectáculo y no hay nada que hacer al respecto. Tuvimos que buscar trabajo y, al margen de para pintar, yo no estaba preparada para hacer otra cosa que limpiar.

–Así que tuviste que renunciar a ser el centro de atención.

–Fue un auténtico alivio. Además, como solía decir mi madre, «cuanto mayores se hacen, menos guapas son».

Michelle rió, pero Alessandro se puso serio al escucharla.

–No estoy de acuerdo. A mí me pareces lo suficientemente guapa –deslizó lentamente una mano por la barandilla. Necesitaba decir algo para salvar la distancia que había entre ellos, pero el inglés resultaba demasiado revelador–. *Li ho mancati*, Michelle.

Para suavizar su brusca confesión, alargó una mano y tocó el brazo de Michelle, pero la dejó caer en cuanto ella se volvió.

–No habló italiano –le recordó ella–. Has dicho que ibas a buscarme un profesor.

Alessandro volvió a reír.

–Es cierto. ¿Cómo he podido olvidarlo?

–¿Y? ¿Qué estabas diciendo?

Alessandro se encogió de hombros.

–No tengo la costumbre de repetirme. Cuanto antes aprendas mi lengua, mejor. Cuando estoy en la
villa no tengo tiempo suficiente para malgastarlo en
traducciones. Tengo mejores cosas que hacer, y
otras personas con las que hablar.

Michelle sintió sus palabras como un golpe. Por
primera vez atisbó la auténtica realidad de lo que iba
a ser un matrimonio de conveniencia con Alessandro. Él sería quien dictara las normas. Su futuro iba
a incluir largos periodos abandonada en la villa, los
secretos de Alessandro y, muy probablemente, más
mentiras.

Al parecer, a Alessandro no se le había ocurrido
pensar que estaba siendo más sincero de lo que ella
habría querido.

Michelle trató de ocultar su dolor riendo, pero
fue imposible. Tan sólo logró esbozar una sonrisa.

Alessandro la tomó por el codo y la guió del
vuelta al interior de la suite.

–Vamos. Ya sólo te queda un cuarto por ver. El
lugar más cercano al corazón de un italiano: su cocina.

La cocina de la suite de Alessandro era tan lus-
trosa y estaba tan bien equipada como el resto de la
casa. Michelle se quedó momentáneamente maravillada, hasta que notó algo. Aquel espacio resultaba
aún menos natural que el resto de la casa. Era demasiado perfecto. Todas las superficies estaban inmaculadas. El lugar carecía por completo de un toque
humano. No había plantas, ni latas de galletas, ni
imanes en la nevera...

Lógicamente, el servicio debía ocuparse de mantener aquella cocina limpia, como el resto de la casa, pero Michelle sospechaba que aquello ocultaba una verdad más profunda. Como sucedía con el resto de la villa, la cocina de Alessandro carecía de corazón.

Los últimos rayos de sol se ocultaban tras el horizonte cuando terminaron de visitar la villa. Cansada, Michelle siguió a Alessandro hasta las sala de estar de su suite. Cuando entraron, tuvo que apoyarse un momento en el marco de la puerta.

Alessandro notó enseguida que algo no iba bien y acudió a su lado de inmediato.

—Estás agotada —dijo con el ceño fruncido.

—Estoy bien. No es más que un ligero mareo. Enseguida se me pasará.

—¿Y el bebé?

Había un matiz de reproche en el tono de Alessandro. Michelle se mordió el labio.

—Un embarazo no es una enfermedad, Alessandro. El doctor me ha dicho que debo llevar una vida completamente normal.

—Ésa es la opinión de tu doctor, pero a partir de ahora te va a atender el mío. Va a venir a primera hora de la mañana para hacerte un reconocimiento —Alessandro chasqueó la lengua y volvió a fruncir el ceño—. ¿Seguro que te encuentras bien? Tus habitaciones están en el lugar más apartado de la villa. Vas a tener que andar bastante.

—No te preocupes. Lo único que necesito son unos minutos de descanso y algo de beber, si es posible.

—Por supuesto.

Alessandro guió a Michelle hasta uno de los sillones que había ante la chimenea. Luego se acuclilló ante ésta para ocuparse de encenderla.

—Si no puedes beber café, ¿qué puedes beber? —preguntó mientras encendía una cerilla.

—Me sentará bien otro vaso de agua mineral.

Alessandro resopló desdeñosamente.

—¿No te apetece algo caliente?

Michelle tenía la respuesta perfecta para aquello.

—Durante el verano no logré encontrar ningún té decente en Francia.

—Pero ahora estás en Villa Castiglione.

Alessandro se irguió a la vez que se frotaba las manos y contempló el fuego que había encendido.

—Me aficioné al té cuando estuve interno en Inglaterra. No me quedó más remedio. Aquí estamos bien provistos. Hay toda clase de tes chinos, indios y otros más exóticos. ¿Cuál quieres?

—No tengo ni idea —Michelle empezaba a sentirse mejor. Rió mientras apoyaba las manos en los brazos del sillón.

Tras aquel suave sonido se produjo un momento de perfecto silencio. Tan sólo se escuchaba el crepitar de los troncos en el fuego. Michelle comprendió en aquel momento qué era exactamente lo que quería. Y, a juzgar por la mirada de Alessandro, él también.

—En lo referente al té, prefiero que decidas tú.

Alessandro asintió. Tras un momento de duda, se acercó a una mesa sobre la que había un teléfono.

Unos minutos después entró una doncella con el té y más comida en una bandeja.

—Tu servicio no para de darte de comer —comentó Michelle cuando se quedaron a solas.

–Lo intentan, pero yo prefiero la calidad a la cantidad –dijo Alessandro mientras servía el té.

Michelle aceptó la taza que le ofreció. Mientras miraba los dulces que había en la bandeja, sintió que ya hacía mucho rato que habían comido.

–Adelante –Alessandro sonrió–. No seas tímida.

Michelle eligió un trozo de bizcocho de limón y luego una almendra bañada en caramelo.

–Come más –la animó Alessandro–. Todos los ingredientes de esos dulces proceden de mis tierras.

Cinco minutos después habían terminado todo lo que había en la bandeja y Michelle sentía los párpados cada vez más pesados.

–Ya tienes mejor aspecto –dijo Alessandro con satisfacción.

Sus palabras reanimaron a Michelle, que se irguió rápidamente en el sillón.

Alessandro alzó una mano.

–Tómatelo con calma... no hay prisa. ¿Te apetece otra taza de té?

–Sí... sí, por favor –Michelle alargó una mano hacia la tetera justo a la vez que Alessandro.

Bajo la suave luz del atardecer, los dedos de Alessandro se cerraron en torno a los de Michelle, al principio por accidente, pero luego de forma voluntaria. Aquello sólo podía significar una cosa, pero Michelle temía que cualquier movimiento rompiera aquella fantasía. Ambos habían tratado de hacer lo mismo al mismo tiempo, de manera que podía haber sido un accidente. Pero entonces Alessandro se inclinó para apoyar con delicadeza su cabeza sobre la de ella.

Los impulsos que Michelle había reprimido a lo largo del día la empujaron inevitablemente hacia él.

Alessandro le hizo retirar la mano de la tetera y la rodeó con sus brazos. Cuando le acarició la mejilla, Michelle sintió que toda la pasión aprisionada en su interior se liberaba. Alzó el rostro y aceptó abiertamente sus besos.

Capítulo 10

AQUELLA mañana Alessandro sólo estaba pensando en el placer. La noticia del embarazo de Michelle le había hecho olvidarlo. A partir de ese momento sólo había podido pensar en la necesidad de legitimar a su hijo. Ése era su deber. ¿Pero qué placer había en ello?

La respuesta era Michelle. La curva de su mejilla, la delicada caída de su pelo... todo en ella parecía buscar sus caricias. Tomarla en sus brazos y besarla había sido lo más natural del mundo.

Trató de que sus besos fueran lentos y concienzudos, pero su deseo por ella había estado encerrado durante meses. Apenas podía contenerlo. El cuerpo de Michelle temblaba bajo sus caricias. Había pasado mucho tiempo... demasiado. Sintió cómo palpitaba el deseo en ella bajo la fina tela de su blusa. Era maravilloso. Cubrió su rostro de besos y ella cerró los ojos con un gemido de placer que actuó sobre Alessandro como el más poderoso de los afrodisíacos. Pero aquello no impidió que su mente siguiera funcionando. Aquél era el problema de la fama. Uno se volvía excesivamente cauteloso. Cada vez que alguien sonreía o trataba de mostrarse amistoso, Alessandro se volvía suspicaz, algo que debía agradecer a sus padres. En el pasado, la gente se había aproximado a menudo a él con la única intención de conseguir que su foto saliera en el periódico, o peor. Afortunadamente, con el paso del tiempo Alessandro había logrado reparar el daño hecho a la imagen de Casa de Castiglione por su madre, su padre y el resto de sus parientes. No iba a permitir que Michelle pusiera en peligro aquello. No iba a permitirle meterse en su mente.

La tomaría... pero en sus propios términos. Casarse con ella le aseguraría un heredero. También le ofrecería la oportunidad legal de disfrutar del sexo con ella sin ataduras emocionales. El romanticismo era para los solteros. El sexo era para los adultos como ellos.

Sonrió mientras sus besos y caricias acercaban más y más a Michelle al borde de una experiencia estelar.

–¿Te he dicho alguna vez que fui incapaz de apartar la vista de ti desde que bajé de aquel helicóptero?

–Nunca. Dímelo ahora... –murmuró Michelle, y su voz surgió tan ronca y sensual que apenas la reconoció como propia. Dejó escapar una risita.

Alessandro sintió que su cuerpo ardía de anticipación. Michelle era suya. No había ninguna duda al respecto. Por unos momentos se permitió disfrutar de lleno de las sensaciones que recorrían su cuerpo. Nada más le importaba. Su pasado y su futuro eran irrelevantes. Sólo el presente importaba.

Michelle sabía que Alessandro le estaba murmurando algo, pero apenas entendía lo que estaba diciendo. Era imposible no devolver sus besos, pero necesitaba respirar y apartó un momento el rostro.

–No te pareces en nada al Alessandro que conocí en verano.

–¿No? –Alessandro rió–. Sin embargo, tú sigues siendo igual que como te recuerdo.

«No es cierto», pensó. «En verano era transparente como el agua, pero hoy no sé qué mujer es. ¿La que busca la primera oportunidad para desplumar a un hombre, o la inocente criatura con la que me acosté en verano?».

Sabía cómo funcionaba Michelle, y no iba a permitir que volviera a pillarlo desprevenido. Aquella noche pensaba tomar lo que estuviera dispuesta a ofrecerle, pero ello no supondría ninguna diferencia para su futuro. Se casaría con ella para asegurarse de que su hijo estuviera a salvo en la villa, pero no permitiría que afectara a su vida en ningún otro sentido. Como todas las mujeres, se cansaría pronto de sus intensas jornadas de trabajo y de sus viajes y buscaría otras formas de divertirse. Tenía intención de ser un padre perfecto, de ofrecer a su hijo todo lo que pudiera necesitar. No le preocupaba en lo más mínimo lo que decidiera hacer Michelle, mientras se comportara como una madre perfecta en público.

A veces creía ver en ella a la mujer que había conocido en verano, pero era peligroso alentar aquella sensación...

El delicado y sensual perfume de Michelle le hizo salir de su ensimismamiento.

–Alessandro...

Alessandro se encontró de pronto apreciando todos aquellos detalles que diferenciaban a Michelle de las mujeres con las que solía salir. Era un placer sentir bajo los dedos su curvilínea belleza, y sus deliciosas y tímidas sonrisas suponían un auténtico contraste con las exigencias de las mujeres que solían buscarlo.

–No practico la fidelidad –se recordó a sí mismo en alto para que Michelle no se hiciera ilusiones–. Ya te lo dije en verano.

Tenía que decirlo para impedir que Michelle se acercara demasiado. Sospechaba que estaba hecha de la misma pasta que sus padres. Ya le había ocultado la verdad una vez, durante los días que pasaron en Francia. Su aparente experiencia y sus sonrisas le habían dicho una cosa, cuando la realidad era muy distinta...

Por un instante, el recuerdo de cómo tomó su virginidad fue como una bofetada, pero enseguida endureció su corazón. Era cierto que la abandonó mientras dormía, pero sólo lo había hecho para asegurar su futuro. Sólo buscaba una aventura, y si hubiera permanecido allí más tiempo sólo habría logrado destrozar su corazón. Desde su punto de vista, no tenía nada de qué sentirse culpable. Casarse con ella dejaría zanjado el asunto. Aquello impediría que utilizara al niño para tratar de coaccionarle y sacarle dinero, con el escándalo mediático que todo ello supondría.

Volvió a saborear sus rosados labios. La deliciosa sensación que experimentó apartó enseguida de su mente todo reproche. Se había estado conteniendo todo el día, pero ahora estaba dispuesto a redescubrir los encantos de su cuerpo como si fuera la primera vez.

–Me deseas. Siempre me has deseado. Deja que te haga el amor ahora –dijo con voz ronca–. Ya sabemos lo bien que podemos estar juntos...

Pero Michelle lo sorprendió con su reacción. Repentinamente tensa, se apartó de él y lo miró a los ojos.

–No puedo. No debemos. Aquel atardecer en la villa me dejé llevar por la pasión, pero esta noche no puedo hacerlo. Tienes que comprender que no soy la mujer que creíste que era. Por eso no puedo volver a entregarme a ti antes de nuestra boda. No está en mi naturaleza hacerlo. Si de verdad tienes intención de casarte conmigo, no te importará.

Alessandro se apartó de ella con brusquedad y se pasó una mano por el pelo, claramente irritado.

–He pasado mucho tiempo luchando contra la mala reputación de mi padre. Jamás te habría traído aquí para otra cosa que para casarme contigo. Por supuesto que voy a hacerlo. ¿Qué clase de hombre crees que soy?

La respuesta de Michelle fue inmediata.

–¿La clase de hombre que tomó mi virginidad y luego me dejó sola?

–Hice lo que me pareció más adecuado en aquel momento. ¿Acaso fue culpa mía que renunciaras con tanta facilidad a tratar de ponerte en contacto conmigo a través del número que te di?

–Estaba muy avergonzada por haber sido tan débil y haberme acostado contigo, Alessandro. Avergonzada porque siempre tuve intención de llegar virgen al día de mi boda, y porque... –Michelle bajó la mirada, pero aquel gesto no bastó para ocultar su rubor– porque disfruté. Si te hubiera encontrado al día siguiente, no sé si habría sido capaz de mirarte a la cara...

La expresión de Alessandro se suavizó poco a poco, hasta que un esbozo de sonrisa curvó levemente sus labios.

–Hoy te las has arreglado bastante bien –Michelle lo miró e intercambiaron una rápida sonrisa–. Estamos en una situación inusual, desde luego. Tal vez... tal vez ambos cometimos errores –continuó Alessandro–: No seas demasiado dura contigo misma –añadió antes de besarla en la punta de la nariz–. Ya te lo dije en Francia; es bueno disfrutar de la vida, Michelle. Relájate y date la oportunidad de vivir la vida.

Michelle sonrió tímidamente y Alessandro se inclinó para dejar un rastro de besos en su cuello. Aquello la silenció, pero no bastó para calmar su mente. Siempre había pensado de sí misma que era menos que humana, porque le resultaba imposible disfrutar de la vida. El sentimiento de culpabilidad lo teñía todo, y nunca lo había hecho con más intensidad que aquel día. Estaba embarazada y lo suficientemente desesperada como para creer las promesas de un hombre que ya la había abandonado en una ocasión.

«¿Qué pensaría mamá de esto?». Aquel pensamiento la torturaba, trataba de alejarla de Alessandro. Pero no podía decírselo.

De pronto comprendió que no podía decirle nada. Estaba colmando sus sentidos y, a menos que le hiciera detenerse en aquel mismo instante, volvería a estar perdida.

–Michelle... –murmuró él–. No tienes por qué negarte los placeres de la vida...

Michelle recordó los días que habían compartido aquel verano. Si Alessandro la aceptaba en su hogar, tal vez podría encontrar también el camino a su corazón...

Pero la cruda y fría realidad se impuso en un instante. Alessandro le estaba ofreciendo una vida con todos los gastos cubiertos a cambio de compartir su hijo. Eso era todo. No había promesas de amor o romance. Se vería reducida a vivir de él. Dependería de él en todos los sentidos.

Alessandro la estaba acariciando de un modo casi irresistible. Michelle supo que tenía que detenerlo antes de que su cuerpo superara a su mente y empezara a dar órdenes.

–No... para, Alessandro. No puedo –dijo a la vez que lo apartaba de su lado con firme delicadeza–. No puedo casarme sin amor.

–¿Por qué no? –por qué no, preguntó Alessandro, desconcertado.

–¡Por qué no estaría bien!

–Tonterías. Es la única opción. Con nuestro matrimonio aseguraremos el futuro del bebé y el de la compañía y nos aseguraremos de que esta encantadora y vieja casa lleve el nombre de la familia hasta la próxima generación.

Michelle miró a Alessandro con nuevos ojos. A pesar de todo, no había duda de que estaba siendo sincero respecto a aquello. La tradición era muy importante para él, y si se negaba a casarse con él, cercenaría todo contacto con ella para siempre.

Sólo tuvo que pensar en su bebé para tomar una decisión.

–Supongo que los Castiglione llevan siglos haciendo esa clase de cosas, ¿no? –dijo lentamente–. Elegir a sus mujeres por motivos prácticos, no por amor.

Alessandro asintió con satisfacción.

–*Certo*. ¿Se te ocurre algo más lógico? Vivirás aquí como mi esposa y te ocuparás de criar a mis hijos. Todo el mundo será feliz.

–¿Planeas tener más hijos? –Michelle se acarició instintivamente el estómago–. Aún estoy asimilando este embarazo.

–No te preocupes. No tendrás por qué ocuparte de nada. Para eso está el servicio –murmuró Alessandro–. Lo importante es tu presencia en Villa Castiglione. Serás el corazón de mi casa. Quiero que estés disponible veinticuatro horas al día todos los días.

–¿Y qué harás tú mientras yo me ocupo de ser la abeja reina?

Alessandro miró a Michelle como si aquella pregunta tuviese truco.

–Estaré trabajando, por supuesto. Ya te he dicho que no paso demasiado tiempo aquí.

–¿Estarás en tus oficinas de Florencia? –aventuró Michelle, esperanzada.

Él pareció desconcertado.

–Probablemente... a veces. Viajo por todo el mundo. Tengo mi base allí donde me necesita la Casa de Castiglione.

–Pero no siempre aquí, ¿no?

Alessandro frunció el ceño.

–Casi nunca –se encogió de hombros–. Así funcionan esta clase de relaciones. La distancia suele hacer que se fortalezcan.

–¿En serio? ¿Quién te ha dicho eso?

Alessandro apartó la mirada.

–Debo de haber escuchado la frase en algún sitio.

–Un niño necesita a sus dos padres.

–Sí, uno que trabaje y otro que lo cuide.

–Yo preferiría que cuidáramos a nuestro bebé juntos.

–A ninguno os faltará nunca nada –dijo Alessandro con una intensidad totalmente convincente.

–No me interesan el dinero ni las cosas. Puedes

quedártelo todo mientras yo pueda conservar a mi bebé –contestó Michelle con sencillez.

–Gracias por ser tan razonable.

Aquello hizo sonreír a Michelle.

–No me siento razonable. Me siento incómoda y torpe –bajó la mirada hacia las húmedas palmas de sus manos y suspiró. Iba a frotárselas contra sus vaqueros cuando recordó dónde estaba. La esquina de un pañuelo inmaculadamente blanco apareció en su campo de visión. Lo aceptó con un nuevo suspiro a la vez que miraba a Alessandro. Había una frágil sonrisa en sus labios.

–En mi opinión estás radiante –dijo con suavidad.

–Debo de parecer acalorada, cansada... y no creo que mi imagen sea la mejor propaganda para alentar los embarazos.

Pero Alessandro no tenía tiempo para la autocompasión. Posó una mano en un hombro de Michelle y la silenció apoyando un dedo en sus labios.

–Estás hablando como una asesora de riesgos, *carissima*. Déjalo ya... y vuela.

Michelle cerró los ojos y recordó la primera y última vez que hicieron el amor. Pero había un abismo entre aquella felicidad indescriptible y la fría y eficiente propuesta de matrimonio de Alessandro. Había entregado todo a aquel hombre sexy, vibrante... y había visto sus sueños reducidos a un frío análisis de costos y beneficios. Pero Alessandro estaba volviendo a utilizar su encanto con ella, y resultaba tan tentador...

–Cuánto me gustaría volver a fiarme de ti, Alessandro.

–Un Castiglione nunca rompe su palabra. Cuidaré de ti mientras seas la madre de mi hijo.

Michelle pensó en lo que Alessandro había sido para ella en el pasado. Quería volver a experimentar la sensación de plenitud que sólo él podía aportarle. ¿Merecía la pena la sentencia de convertirse en su esposa sólo de nombre por tener la oportunidad de volar una vez más con él?

O dos... o tal vez varias...

Alessandro había sugerido que tendrían más hijos.

Michelle tomó una decisión. Si aquello era lo que hacía falta para permanecer en la órbita de Alessandro, lo haría. Si decidía volver a Inglaterra, tal vez no volvería a verlo. Al menos había dicho que visitaba Villa Castiglione de vez en cuando. Algo era algo.

–En ese caso, sí... me casaré contigo –bajó la mirada, anticipando una carcajada de alivio, risas... de hecho, cualquier cosa menos lo que se produjo, que fue un completo silencio. Tras una pausa, oyó que Alessandro respiraba profundamente.

–Me aseguraré de que nunca te arrepientas de ello, Michelle –murmuró–. Déjame demostrártelo –añadió a la vez que la tomaba por la cintura.

«Encajamos tan bien...», pensó ella. «Es como si nuestros cuerpos estuvieran hechos el uno para el otro. También estamos de acuerdo respecto a las necesidades del bebé, pero, aparte de eso, ¿qué tenemos?». Se preguntó si tendría la fuerza de voluntad necesaria para resistirse a él. «¿Compensará la necesidad física que siento por él los malos momentos, cuando no sepa dónde está pero pueda adivinar lo que está haciendo?».

La respuesta llegó enseguida: «No lo sé».

–Puede que no te ofrezca amor, pero al menos estoy siendo sincero contigo –murmuró Alessandro junto a su oído–. Ambos somos adultos. Te necesito y tú me necesitas. Y las necesidades del bebé son lo más importante para los dos. Será un arreglo perfecto. Tendremos todo lo que podamos desear. Tú vivirás aquí una vida de lujo, y el bebé siempre será una prioridad para mí. En cualquier momento, en cualquier lugar, mi heredero tendrá preferencia. Estaré aquí siempre que haga falta –concluyó en un tono tan enfático que Michelle lo creyó.

Aquél fue un momento decisivo para ella. Hasta entonces Alessandro sólo la había seducido en sus sueños, pero aquello era real. La estaba besando y acariciando y, a pesar de todo lo que había sucedido entre ellos, no podía resistirse. Toda clase de alarmas empezaron a sonar en su cabeza, pero no sirvieron de nada. Sólo podía pensar en el placer de estar entre los brazos de Alessandro y bajo su embrujo.

Sabía que aquel camino sólo llevaba al desengaño, pero al menos podría disfrutar de aquel rato de placer antes de que la cruda realidad volviera a imponerse.

Cuando Alessandro volvió a preguntarle, supo que sólo podía darle una respuesta. Sonrió con una mezcla de dulzura y tristeza.

–Sí..., tómame de nuevo, Alessandro. Por favor... como la primera vez.

Capítulo 11

LAS PALABRAS de Michelle hicieron que el cuerpo de Alessandro volviera a revivir. La tomó de la mano con intención de llevarla a su dormitorio, pero el deseo lo superó. Tomó su rostro entre las manos y le dio un beso largo y apasionado. Mientras deslizaba las manos por su cuerpo, tanteó con la lengua la intimidad de su boca con una precisión que dejó a Michelle sin aliento.

–Soy todo tuyo –dijo contra sus labios–. Desvístete para mí.

Michelle bajó la mirada.

–No estoy segura... –murmuró, ruborizada.

–Ya no tienes por qué mostrarte tímida conmigo –dijo Alessandro.

Lentamente, nerviosa, Michelle se quitó la blusa y los vaqueros. Alessandro la observó, absorto en su cuerpo. Luego la tomó de la mano y tiró de ella para que se tumbara en la alfombra, ante el fuego. Tras quitarle con dedos expertos la ropa interior, la estrechó entre sus brazos y comprimió la plenitud de sus pechos contra su camisa.

–Voy a hacer que esto sea increíble para ti –la excitación que sentía transformó sus palabras en un ronco murmullo.

Michelle se sintió abrumada por las intensas sensaciones que se estaban apoderando de su cuerpo. Alessandro no dejó de besarla mientras acariciaba con las manos sus pechos desnudos. Cuando tomó un pezón entre sus dedos pulgar e índice y comenzó a acariciarlo, Michelle sintió que sus partes más íntimamente femeninas revivían. Se arqueó contra él como una gata y le mordisqueó un hombro para tratar de contener un gemido de placer. Aquella reacción animó a Alessandro a intensificar su tormento hasta que Michelle se sintió aturdida de deseo.

Cuando se dio cuenta de que le estaba mordiendo el hombro para permanecer en silencio, se obligó a abrir la boca con un gemido de desesperación y aferró instintivamente la alfombra que había bajo sus cuerpos.

Medio enloquecido por la pasión de su respuesta, Alessandro se quitó toda la ropa que pudo sin soltar a Michelle. No se cansaba de su perfume, de su sabor, de acariciar su delicada y tersa piel...

Finalmente desnudo, centró su atención en los pechos de Michelle y en sus excitadas cimas. Tomó entre sus labios un pezón y lo absorbió en su boca para acariciarlo con la lengua. El mismo impulso le llevó a deslizar las manos por el cuerpo de Michelle para hacerle separar las piernas y buscar el corazón de su feminidad.

Increíblemente excitada, Michelle apoyó una mano en la cabeza de Alessandro para retenerlo contra su pecho. Sintió la cálida humedad de su sexo abriéndose como una flor mientras respondía a sus caricias.

–Alessandro... oh, Alessandro... –una voz estaba pronunciando aquel nombre y no era la suya.

Michelle no sabía que eran sus labios los que estaban formando las palabras.

Alessandro se detuvo. Sintió que Michelle estaba al borde del orgasmo y quería que lo compartiera con el suyo. Se colocó sobre ella y la penetró a la vez que la besaba apasionadamente. Michelle alzó las caderas para recibirlo, buscando algo sobre lo que su mente sabía muy poco, pero que le hacía sentirse muy bien. Maravillosamente bien. Atrajo a Alessandro hacia sí con una urgencia cercana a la desesperación. Aunque él se esforzó por controlar su cuerpo, fue inútil.

La explosión de su orgasmo empujó a Michelle hacia cimas que jamás había soñado que existieran. Continuas oleadas de un placer indescriptible recorrieron su cuerpo cuando alcanzó la cima definitiva entre los brazos de Alessandro.

Mientras descendía a tierra, sintió que su cuerpo cantaba de felicidad. Incluso cuando Alessandro se apartó de ella se sintió totalmente satisfecha. Sabía que, aunque no pudiera retenerlo, nunca olvidaría aquellos preciosos momentos en que había sido totalmente suyo.

Tras aquella maravillosa y apasionada experiencia, mantenerse despierta le resultó casi imposible... hasta que logró fijarse en la expresión de Alessandro. Estaba observando cómo se quedaba medio dormida, pero notó que su mirada carecía por completo de emoción.

Una solitaria lágrima se deslizó por su mejilla. Cuando la vio, Alessandro la tomó de nuevo entre sus brazos y la besó a la vez que le susurraba algo en su propia lengua.

No podía entender lo que estaba diciendo, pero sabía muy bien por qué era tan sombrío su tono. Los votos del matrimonio lo atarían a ella y a su hijo para siempre. Debía de estar poniéndole al tanto de lo que podía esperar. Su total lealtad sería correspondida por él con una fidelidad ocasional...

Alessandro despertó con una sonrisa en el rostro... sonrisa que se desvaneció casi al instante. ¿Qué había hecho? ¿Qué lo había impulsado a hacer el amor a Michelle una y otra vez cuando ella le había dicho que quería esperar? El instinto más primitivo del hombre le había hecho olvidar por completo su galantería. Su comportamiento había sido tan imperdonable como el del día que tomó su virginidad. ¿Qué tenía aquella mujer que le hacía olvidarlo todo excepto lo mucho que le gustaba su cuerpo?

Movió la cabeza ligeramente y confirmó lo que la cálida y sólida presencia que tenía a sus espaldas le estaba diciendo. Michelle estaba tumbada a su lado. Aún seguía profundamente dormida.

Miró su reloj. Eran casi las siete de la mañana. En algún momento durante la noche habían llegado hasta su enorme cama. Finalmente saciados, se habían dormido uno en brazos del otro.

Alessandro sabía que debía levantarse, olvidar la noche pasada y centrarse en el día de trabajo que le aguardaba. En lugar de ello permaneció en la cama mirando a Michelle. No soportaba la idea de tener que abandonarla de nuevo. No le quedaba más remedio que hacerlo, pero quería disfrutar unos minutos más de lo que estaba mirando.

Michelle se movió en la cama y la sábana que la cubría se deslizó a un lado, dejando al descubierto su cuerpo desnudo. Estaba profundamente dormida y había en ella una sensualidad primigenia que no habría desentonado en uno de los cuadros de los grandes maestros. Era totalmente irresistible.

Alessandro alzó una mano y fue a acariciar la tentadora curva de su cadera, pero dudó. Sabía que no debía alentarla. Habría sido injusto simular que podía ser fiel. Sus padres y todos sus tíos habían sido adúlteros en serie. Y su madre...

Alessandro volvió a tumbarse y apartó aquellos pensamientos de su mente. Se preguntó qué había sucedido con su legendario autocontrol. Aquello no debería haber pasado. Michelle había querido esperar a que estuvieran casados. Si se despertaba en su cama, lo más probable era que se culpara a sí misma por haber cedido.

Se levantó con todo el sigilo que pudo y la tomó en brazos con delicadeza. Michelle murmuró unas palabras incomprensibles, pero enseguida volvió a quedarse dormida. Tras recorrer varios pasillos con ella en brazos, Alessandro llegó a su habitación y la dejó en su cama. Volvió a contemplarla. Dormida, parecía que todas sus preocupaciones se habían esfumado. Parecía tan frágil y era tan deseable... Alessandro detuvo la mirada en su vientre, donde estaba creciendo su hijo. Se arrodilló junto a la cama y besó la tensa piel de su tripa. Fue una sensación tan deliciosa que permaneció así unos momentos... hasta que sintió la inconfundible agitación de una primera patada. Esperó, desesperado por asegurarse... ¡y allí estaba de nuevo!

Michelle murmuró algo, pero cuando Alessandro alzó su encantado rostro para mirarla, vio que seguía dormida.

Su sonrisa se esfumó. Michelle no había mencionado que el bebé se moviera. Tal vez aquélla había sido la primera vez. Como madre del bebé, Michelle debía ser la primera en experimentarlo.

Se apartó de la cama y se encaminó hacia la puerta. Por mucho que quisiera compartir aquella alegría, tenía que mantenerse en silencio. Michelle debía pensar que ella había sido la primera en sentir que el bebé se había movido.

Cuando despertó en su propia cama, y sola, Michelle captó con total claridad el mensaje de Alessandro. «Le sirvo, pero nada podría mantenerme en su cama toda la noche», comprendió con amargura. Y cuando descubrió que ya se había ido de la villa, su dolor fue indescriptible.

Se levantó de la cama y se acercó a una ventana. Había aceptado un matrimonio de conveniencia, pero toda la conveniencia era para Alessandro. Los votos serían sólo para ella.

Alessandro había sugerido que podía rechazar su generosa respuesta y marcharse, pero no se sentía capaz de condenar a su bebé a una infancia parecida a la que ella experimentó. Su bebé merecía todo lo que ella pudiera ofrecerle. Si ello significaba atarse legalmente a Alessandro, eso era lo que debía hacer.

El artista que amó en verano había desaparecido. En su lugar se hallaba un hombre de negocios con el corazón de piedra. Ambos se llamaban Alessandro Castiglione, pero el primero era un disfraz pasajero y el otro era el real.

Sintió una intensa vergüenza. Ya era bastante malo

haberse dejado llevar como lo había hecho, pero cuando volviera a ver a Alessandro lo haría sabiendo que significaba tan poco para él que ni siquiera quería que compartiera su cama.

Entró en el baño, que estaba lleno de espejos, pero fue incapaz de mirarse el rostro. ¿Cómo había podido entregarse de aquella forma a aquel hombre? Alessandro nunca llegaría a mostrarse interesado en transformar su pasión original en un amor duradero, o en cualquier clase de amor. ¿Por qué iba a hacerlo? Debía conocer a diario mujeres con más clase y más guapas que ella.

«Puede que me convierta legalmente en su esposa, pero nunca seré para él mas que una aventura de una noche», pensó con amargura.

Cuando se conocieron, Alessandro sólo buscaba diversión. Y la encontró en ella. Eso era todo lo que sería para él. Pero el coste que aquello supondría para el corazón de Michelle sería casi imposible de soportar.

A pesar del empeño de Alessandro en tratar el matrimonio como una mera conveniencia, su mente no dejaba de volar a Michelle. Sus oficinas de Florencia estaban llenas de acuarelas y dibujos de Villa Castiglione y, para rematar, en su despacho tenía un dibujo de tamaño natural de Michelle junto a la piscina en Jolie Fleur, elaborado a partir de los apuntes que tomó de ella.

Era lo mejor que había pintado en su vida, pero no quería admitirlo. Cuanto más lo miraba, más defectos le encontraba. Además, estaba ejerciendo un

mal efecto sobre él, comprendió cuando el represen-
tante de uno de los museos de la ciudad sintió la necesidad de carraspear para llamar su atención.

–¡Y ahora eres un hombre comprometido! –bromeó su anciano cliente–. ¿Qué dirá tu prometida
cuando entre aquí y vea ese encanto?

Alessandro se levantó, se encaminó hacia el cuadro y se detuvo a escasos centímetros de las volup-
tuosas curvas que alimentaban ahora a su hijo.

–No tendrá interés en venir aquí. Pero tienes razón. El cuadro supone una distracción exagerada
–dijo con brusquedad a la vez que se volvía–. Los
días de placeres como ése ya han pasado.

El inesperado sonido de los rotores de un helicóptero puso a todo el servicio de Villa Castiglione
en marcha. Michelle se asomó a la ventana y vio
con sorpresa que se trataba del helicóptero de Alessandro. Cuando bajó al vestíbulo unos momentos
más tarde se encontró con él en el umbral.

–¡Alessandro! ¡Pensé que pasarías varios días
fuera!

–Ya veo –dijo él con el ceño fruncido–. ¿No tienes la lista de instrucciones que dejé para ti? Ahora
mismo deberías estar descansando.

–Lo estaba haciendo hasta que has llegado.

Alessandro asintió.

–A partir de ahora voy a pasar aquí mucho
tiempo. He decidido tomarme un periodo de vacaciones.

Aquello desconcertó a Michelle, pero enseguida
pensó que al menos así siempre sabría dónde estaba.

Además, si Alessandro dejaba de trabajar una temporada, tal vez podría relajarse. El artista que la había conquistado tal vez reaparecería en su vida...

–¡Qué bien! Así podrás pasar algún rato en tu estudio, pintando.

–¿Qué te hace pensar que habrá tiempo para eso? Tengo mucho que hacer. Hay que organizarlo todo para la llegada de mi heredero. Deberías volver a la cama. El señor Marcel llegará aquí en... –Alessandro consultó su Rolex– cincuenta minutos, y supongo que querrás estar bien despejada para hablar del diseño de tu vestido de boda, ¿no?

Cuando la besó en la frente, Michelle sospechó que lo hizo en beneficio de los miembros del personal de servicio doméstico que aguardaban en el vestíbulo las órdenes de Alessandro.

–Pero... ¿no deberíamos hacer un esfuerzo conjunto para recibir a nuestro bebé? –preguntó Michelle con un ojo puesto en el servicio. A pesar de sus amables expresiones, le ponían nerviosa.

Alessandro le palmeó el brazo.

–Así es. Tu cuerpo está haciendo el trabajo duro y yo voy asegurarme de que todo lo demás funcione como un mecanismo de relojería.

A continuación se encaminó hacia su despacho. Michelle volvió arriba, sola.

No tuvo oportunidad de volver a descansar. Un rato después, mientras el señor Marcel le tomaba medidas, una doncella llevó a Michelle un horario para el día siguiente. Estaba cargado de reuniones: dietistas, enfermeras y expertos en estilo de vida iban a reunirse con ella. Michelle no tenía idea de por qué. Alessandro tenía tal seguridad en sí mismo que dudaba que fuera a dejarle tomar alguna decisión.

Cansada y decepcionada, empezaba a sentirse como una yegua de cría. No habría lugar para ella en la vida de Alessandro cuando el bebé llegara. Quedaría tan marginada que lo mismo daría que no existiera. Cuanto más pensaba en ello, más comprendía que había perdido al Alessandro que había amado. No podía enfrentarse a la vida de casada caminando sobre cáscaras de huevo, esperando a ser nuevamente desechada en cualquier momento. Y aquel horario era la gota que había colmado el vaso.

Se disculpó con el diseñador y salió en busca de Alessandro con paso firme. Sin él, su vida estaría vacía. Quería independencia, pero la vida no era nada sin él. Cuanto más pensaba en la perspectiva de convertirse en su esposa tan sólo nominalmente, más atrapada se sentía.

Cuando lo encontró en la biblioteca, hablando con su arquitecto, estaba a punto de estallar.

Alessandro se volvió hacia ella con una sonrisa que habría sido capaz de detener la lava de un volcán, pero que en aquellos momentos no ejerció ningún efecto sobre Michelle. Se enfrentó a él con las manos en jarras.

–¡Te he estado buscando por todas partes!

Alessandro se quedó sorprendido por su exabrupto. La sonrisa desapareció de su rostro a la vez que despedía con un gesto al hombre con que estaba hablando.

–Ahora ya me has encontrado. ¿Qué sucede?

–¡No empieces! ¡Me dejaste a un lado una vez, pero no voy a permitir que vuelvas a hacerlo!

–Un momento...

–¡No! ¡Déjame hablar! ¡No puedo seguir así ni un minuto más! Regresas a mi vida como un huracán y me arrastras hasta aquí para tenerme viviendo tras estos muros. Cada uno de mis movimientos es controlado, pero tú eres incapaz de comprometerte conmigo. ¡Puede que éste sea tu reino, pero eso no significa que puedas dictar lo que debo hacer cada segundo de mi vida!

–¿Tratas de decirme que no va a gustarte vivir aquí? –preguntó Alessandro flemáticamente mientras se encaminaba al dispensador de agua fría.

–¡Agua! ¿A nadie se le ocurre nunca ofrecerme otra cosa?

–Algunos hombres te darían unos azotes por el comportamiento de niña malcriada del que estás haciendo gala, pero yo prefiero abordar el asunto de forma más digna.

–¿Malcriada? ¿Yo? ¿Cómo puedes tener el valor de acusarme de algo así cuando eres tú el que se empeña en que todo se haga a su manera?

–Siempre estoy dispuesto a negociar –replicó Alessandro, imperturbable. Tomó un posavasos, lo colocó sobre la mesa y dejó el vaso en él.

–¿Quién eres? –preguntó Michelle, exasperada–. ¡No el que conocí en Francia, desde luego! ¿Qué ha pasado con el hombre encantador y divertido que me sedujo en verano?

Alessandro la miró con dureza.

–Se ha convertido en padre. Me tomo muy en serio mis responsabilidades. Y lo mismo deberías hacer tú. El tiempo de juegos y diversión ya ha pasado.

–¡Menudo matrimonio vamos a tener! –replicó Michelle.

Alessandro respiró profundamente.

–Eso depende de ti, por supuesto.

–¿Estás diciendo que tengo alguna opción en todo esto?

–Siempre hay una opción –dijo Alessandro con frialdad–. Podrías acabar con todo ahora mismo. Date la vuelta y vete. Si de verdad crees que podrás ocuparte mejor de nuestro hijo sola que conmigo, adelante. No voy a detenerte.

Su expresión era totalmente impasible. Michelle lo miró y lo creyó. Estaba claro que ella no le importaba nada.

–No puedo hacerlo. Lo sabes tan bien como yo, Alessandro. A tu manera retorcida y egoísta quieres a este bebé tanto como yo. El único modo en que puedo mantenerlo a salvo es asegurándome de no estar lejos de él. Por lo que a mí se refiere, eso me encadena a ti con más fuerza y de manera más permanente que cualquier candado.

Alessandro se volvió hacia la chimenea y golpeó con el puño el mármol de la repisa. Cuando habló, su voz sonó acerada.

–¡Sabía que pasaría esto en cuanto permitiera a alguien entrar en mi vida! –dijo con dureza–. Sucedió exactamente lo mismo con...

Se interrumpió. Tenía el rostro contraído, con la expresión de alguien que hubiera dicho demasiado. Era obvio que se sentía dolido por algo, pero Michelle no pensaba dejarle salirse con la suya.

–¿Con quién, Alessandro? ¿Con todas tus otras novias? ¡Disculpa si no siento lástima por ti! Yo no puedo permitirme el lujo de comparar. Tú has sido el primer y único hombre para mí... ¡y si mi vida contigo va a ser así, prefiero quedar fuera de ella!

Michelle giró sobre sí misma y se encaminó ciegamente hacia la puerta, rozando sillas y muebles en su desesperado afán por alejarse. Lo único más importante que escapar era la necesidad de sentir que Alessandro estaba dispuesto a comprometerse con ella. Quería que fuera tras ella, la tomara entre sus brazos y no la soltara nunca más. Pero no fue así.

Las lágrimas que había estado conteniendo se desbordaron.

—¡Siento haber estropeado tu plan maestro!

Cuando llegó al vestíbulo no se detuvo. Una empleada del servicio corrió a llevarle el abrigo y los guantes, pero Michelle pasó a su lado haciendo caso omiso, desesperada por llegar a la puerta. Sentía que se ahogaba, pero cada aliento que tomaba ardía en su pecho con la rabia y la decepción acumuladas durante tanto tiempo. A pesar de su frustración, seguía decidida a no llorar delante de Alessandro. Salió de la casa a toda prisa, sin preocuparle adónde iba.

Capítulo 12

MICHELLE corrió hasta que sus piernas no la llevaron más allá. Finalmente, y a pesar del frío, se sentó bajo un olivo. Alessandro Castiglione también era dueño de aquel árbol, como de todo lo que la rodeaba... incluyéndole a ella. No era justo. Nunca había sido dueña de su propia vida. Primero su padre la animó a conseguir una beca para estudiar, pero, cuando murió, su madre desbarató aquellos planes. Y hasta que ésta murió no pudo empezar a organizar su propia vida. Y entonces conoció a Alessandro.

Pasó una polvorienta mano por su rostro y miró a su alrededor. Casi todos los terrenos de la enorme finca eran visibles desde aquel lugar. Los trabajadores se afanaban vareando los olivos para la recolección. Michelle pensó que estaban tan atados a una rutina como ella lo había estado hasta hacía muy poco. Pero Alessandro había hecho que eso cambiara. Era un buen hombre. Enterarse de que iba a ser padre había supuesto una auténtica conmoción para él. No era de extrañar que hubiera actuado como lo había hecho. Llevándola allí sólo había hecho lo que había considerado más adecuado para que su hijo disfrutara de una buena vida.

A pesar de sus sueños pisoteados y del frío, a pesar

de todo lo que había pasado y lo que estaba por llegar, Michelle empezó a reír. «Oh, pobre de mí. Me he enrabietado y he ignorado a uno de los diseñadores más famosos del mundo, he provocado una pelea con mi irresistible y futuro marido y me he ido de casa... ¡y todo porque estoy atrapada en el paraíso sin nada de qué preocuparme excepto del nacimiento de mi hijo!».

Así expresado, lo último que debería estar sintiendo era autocompasión. Se levantó y se frotó la ropa pensando que debía de tener un aspecto deplorable. Al mirar colina abajo divisó el estudio del que le había hablado Alessandro. Sonrió. Seguro que allí habría un lavabo en el que refrescarse.

El estudio de Alessandro consistía en una sola habitación de techo bajo. Todas las ventanas daban al lado norte, lo que lo convertía en un lugar totalmente privado. Le costó abrir la puerta, cuya manija estaba un poco atascada por falta de uso, pero finalmente lo logró.

El estudio de Alessandro no se parecía nada al de la villa de Francia. Aquél era un lugar oscuro y triste, lleno de sueños abandonados. Se estremeció... y no sólo por el frío. Cuando se volvió con intención de marcharse, comprobó que tenía un problema. La puerta se negaba a abrirse. El viento había hecho que se cerrara de golpe y debía haberse quedado atascada.

Si al menos hubiera tomado su abrigo y su móvil antes de salir... Se sopló las manos para tratar de calentarlas, pero no le sirvió de nada. Tras rebuscar un poco por la habitación encontró una lámpara de aceite. También acabó descubriendo un calefactor que Alessandro debía de haber estado utilizando como mesa. Cuando trató de moverlo, la pila de libros y cajas amontonados encima se deslizaron al suelo. Tenía las manos tan frías que le habría llevado siglos recogerlo todo, de manera que decidió calentarse primero.

Afortunadamente, el calentador funcionaba, y al cabo de un rato empezó a sentir que se le descongelaban las manos. Se arrodilló y empezó a recoger los papeles que cubrían el suelo. Entre los libros y revistas había una caja de cartón llena de cosas interesantes. Todo estaba cuidadosamente guardado en bolsitas de plástico o en sobres en los que aparecía escrito su contenido junto con algunas fechas. El primero que sacó databa de sólo unas semanas atrás, pero lo guardó enseguida, temiendo que pudiera contener algo sobre ella. El siguiente contenía fotos e informes de los colegios en que había estudiado Alessandro. Había sido un chico listo y aplicado, que era algo más de lo que podía decirse de sus padres. Había varias notas en las que la dirección del colegio les recordaba que sería importante que pasaran al menos una vez por allí para hablar de su hijo.

Era posible que la familia Castiglione estuviera sobrada de tradición, pero también estaba falta de afecto. Leyendo aquellos papeles descubrió que Alessandro había pasado casi toda su infancia y juventud abandonado en las mejores escuelas privadas de Inglaterra. Aquélla no era vida para un niño.

«Seguro que Alessandro odiaba que lo trataran así», pensó Michelle mientras miraba unos recortes de periódico en los que se hablaba del *pobre niño rico abandonado* y de la disipada vida que llevaban sus padres. «Si me dedicó a acusarle de querer hacer llevar la misma clase de vida a su hijo incluso antes de que haya nacido, no pararemos de pelear y no lograremos nada», pensó.

Apoyó la espalda contra un montón de libros que había apilados en el suelo, pensativa. Tenía que haber otra forma de arreglar las cosas. Discutir con Alessandro era inútil, y también doloroso. Ella no estaba acostumbrada a la independencia, y por ello era bastante torpe a la hora de conseguir lo que quería.

Las cosas empezaron a aclararse mientras pensaba en el problema. Alessandro era un hombre de negocios, y los hombres de negocios se pasaban el tiempo negociando. Él estaba acostumbrado a aquella forma de trabajar, de manera que ella también aprendería a hacerlo. Así podría asegurarse de que su hijo pudiera ocupar un lugar importante en la vida de su padre. Sonrió mientras una cálida sensación de satisfacción se adueñaba de ella. En cualquier momento volvería a tratar de salir para dirigirse a la villa, dispuesta a disculparse y a poner su nuevo plan en marcha. Pero aún no...

El estudio se había caldeado, tal vez demasiado, pero resultaba muy agradable estar allí. Cerró los ojos. Tal vez, echar una pequeña siesta le ayudaría a superar el dolor de cabeza que empezaba a tener.

Alessandro se pasó una mano por el pelo, pensativo. Era un completo misterio. Parecía que Michelle se había esfumado de la faz de la tierra. Había salido de la casa lo suficientemente furiosa como para no detenerse hasta llegar a Inglaterra. Sin embargo, nadie le había visto abandonar la finca. Empezaba a estar preocupado. Michelle había vuelto su vida patas arriba y ahora había desaparecido.

No era posible. Una parte de él se reía ante la posibilidad de que una mujer lo hubiera abandonado. Pero otra emoción empezaba a agitarse en el fondo de su alma. Era la imperiosa necesidad de saber dónde estaba Michelle. Aquélla era una sensación extraña para él. En el pasado, siempre se había sentido secretamente contento cuando alguna mujer se había cansado de su actitud y se había ido. Eso le ahorraba el problema de plantarla.

Pero la perspectiva de perder a Michelle era completamente distinta.

No esperaba que fuera a marcharse de aquel modo.

Y lo que más le había sorprendido había sido su propia reacción.

Quería recuperarla.

De hecho, había querido recuperarla desde el momento en que la abandonó en Francia.

Contempló las llamas que ardían en la chimenea de la biblioteca. Una sonrisa curvó sus labios mientras recordaba la felicidad que compartieron aquellos días. ¿Dónde se habían ido? Pensó en los dibujos que hizo en Francia, en la pintura de su oficina, y en la intensidad con que trabajó en el estudio al volver a casa. Las imágenes que captaron la intensidad que hubo entre ellos en Francia...

«Nadie le había visto abandonar la finca».

Aquélla era la clave que necesitaba. Michelle era tan parecida a él... ambos buscaban la soledad, aunque en el fondo compartían la necesidad de sentir seguridad. Sin duda habría ido al lugar en el que él se refugiaba de vez en cuando dentro de la finca. Ahora todo lo que tenía que hacer era ir a por ella.

Se encaminó hacia el vestíbulo con paso firme y salió de la casa.

Diez minutos después divisó su estudio desde lo alto de la colina. Experimentó una gran satisfacción al comprobar que estaba en lo cierto. Una tenue luz anaranjada iluminaba el interior del estudio. Se detuvo un momento para saborear el momento. Fue entonces cuando lamentó no haber llevado su cazadora. Hacía frío y habría resultado muy agradable cubrir con ella los hombros de Michelle mientras regresaban a casa. Aquel pensamiento le hizo sonreír mientras descendía por la colina.

Su buen humor no vaciló hasta que no recibió respuesta cuando llamó a la puerta del estudio. Lo intentó de nuevo.

–Soy yo, Michelle. He venido para decirte... –Alessandro no concluyó la frase.

Michelle lo había acusado de ser un hombre diferente. Si aún quería al hombre que la había seducido en Francia, él estaba dispuesto a cambiar. Pero disculparse en voz alta a través de una sólida puerta de roble era demasiado.

Trató de abrir la puerta, pero no lo logró. Molesto, miró por la ventana. La luz del interior se estaba apagando rápidamente y apenas pudo ver nada, excepto la vieja estufa que había estado utilizando como mesa. La última vez que la encendió acabó con un dolor de cabeza que le reveló que no estaba funcionando adecuadamente.

Pero en aquellos momentos estaba encendida y en el centro de la habitación.

No había tiempo para pensar. Alessandro abrió la puerta de una fuerte patada y fue recibido por el sofocante ambiente del interior del estudio. Enseguida vio a Michelle en el suelo, apoyada contra una caja. Sin pensárselo dos veces, la tomó en brazos sin contemplaciones y la sacó al exterior.

La conmoción del inesperado movimiento sumada al frío de la noche hizo que Michelle despertara con un gemido.

—Oh... mi cabeza...

—¡Idiota! —Alessandro se golpeó la frente con la palma de la mano.

Aturdida, Michelle recordó vagamente su última discusión.

—Si vas a empezar a insultarme...

—Me estaba insultando a mí mismo. He dejado que te marcharas y creía que te había perdido... —empezó Alessandro, desesperado, pero las palabras ya no bastaban. Estrechó a Michelle entre sus brazos con tal fuerza que casi la dejó sin aliento—. Oh, Michelle...

Ella seguía aturdida, pero le daba igual. Alessandro estaba allí, ella estaba entre sus brazos y tan sólo había una cosa que le preocupara más que aquello.

—El bebé...

—No, Michelle... ¡estoy más preocupado por ti!

La intensidad de las desesperadas palabras de Alessandro hizo que ambos reaccionaran. Se miraron el uno al otro, pálidos. Había sido una impulsiva muestra de emoción que ninguno de los dos esperaba.

—Lo que quería decir es... es que tienes que estar

bien si queremos que tu bebé... mi heredero... tenga posibilidades de sobrevivir.

Michelle miró atentamente el rostro de Alessandro, tratando de captar algún destello de ternura tras su pétrea fachada.

Alessandro trató de ocultar sus sentimientos cambiando de tema.

–¿No se te ha ocurrido pensar que esa vieja lámpara y la estufa podían consumir todo el oxígeno del estudio? ¡Podrías haber muerto! –su expresión cambió bruscamente–. ¿O era eso lo que pretendías? En el estado en que te has ido de la casa... –ya no había simulación en su voz. Tan sólo puro miedo.

Por un momento, Michelle no pudo contestar. Cerró los ojos, incapaz de soportar el terror que reflejaba la mirada de Alessandro. ¿Cómo podía haber pensado tal cosa? Las lágrimas que escaparon de sus ojos no bastaron para aliviar su intenso dolor de cabeza, y tenía la garganta áspera. Finalmente logró mover la cabeza, primero a un lado y luego al otro.

–Nunca –susurró–. No podría soportar la idea de no volver a verte.

Tras escuchar aquello, Alessandro permaneció en silencio tanto rato que Michelle abrió los ojos. La estaba mirando y la expresión de su rostro se había transformado por completo. Las palabras surgieron finalmente a través de una bruma de incredulidad.

–¿Después de todo lo que he hecho? ¿Después de haberte robado tu independencia y haberte traído a un lugar del que ni siquiera conoces la lengua?

Michelle no apartó la mirada de los ojos de Alessandro.

–Sólo lo has hecho porque te preocupas por tu

bebé más de lo que nadie se preocupó por ti cuando eras pequeño.

Alessandro frunció el ceño y volvió sus preciosos y oscuros ojos hacia el estudio.

–¿Has encontrado los recortes de prensa?

Michelle asintió.

–Y eso no es todo. También he leído parte de la correspondencia, Alessandro. Sé que no debería haberlo hecho, pero no he podido evitarlo. Lo siento.

–No te disculpes. Yo también leí en el pasado muchas cosas que no debería haber leído.

–Siento que tuvieras que pasar por esa tortura. Ahora entiendo por qué estás tan preocupado por el bienestar de nuestro bebé.

–Supongo que los artículos de prensa sobre mis padres te habrán revelado todo lo que necesitas saber sobre mí.

Michelle negó lentamente con la cabeza.

–No... Todo lo que he visto ha sido un niño desconcertado al que trataron como moneda de cambio. Las dos personas del mundo en las que más deberías haber podido confiar se pasaron la vida pisoteándose en su búsqueda de publicidad.

–Por eso siempre supone un alivio tan grande escapar de la mirada pública y venir aquí, a Villa Castiglione.

–Mayor motivo para que te esfuerces en venir aquí más a menudo, ¿no?

–Eres la última persona que debería alentarme a venir –Alessandro rió con amargura–. ¿Por qué un tesoro como tú iba a querer pasar tiempo con alguien que ha heredado genes adúlteros por parte de ambos lados de la familia?

–¿Genes adúlteros? –Michelle rompió a reír antes de llevar una mano a su dolorida cabeza–. ¿Qué se supone que es eso?

–Ni mi madre ni mi padre eran fieles.

Michelle entrecerró los ojos.

–¿Por qué buscarse problemas? Trabajas duro y tu preocupación por el futuro del bebé demuestra lo generoso y desinteresado que puedes ser. Eso te convierte en todo lo contrario a tus padres... al menos por lo que he leído sobre ellos. Yo me esfuerzo mucho por no parecerme a mi madre. Era una hipocondríaca. Por eso no me gusta nada que me veas enferma. Me gusta guardarme mis problemas para mí –dijo a la vez que se palmeaba el estómago pensativamente.

–Yo también soy responsable de cómo te sientes –dijo Alessandro mientras la abrazaba con más fuerza. Era un placer saber que le estaba transmitiendo su calor–. Quiero ayudar.

Michelle sonrió con ternura ante su sincera preocupación.

–Gracias, pero no te preocupes. Es mi problema. No puedo soportar que nadie me vea enferma. Estoy segura de que piensan que estoy montando el numerito, porque eso era lo que siempre hacía mamá... –la sonrisa desapareció repentinamente de su rostro–. Alessandro...

Él se puso alerta de inmediato.

–¿Qué sucede?

Michelle tomó su mano y la llevó hasta su vientre, donde le hizo apoyarla. Alessandro la miró con expresión interrogante mientras, muy concentrada, ella le movía la mano para encontrar el sitio exacto.

–¡Ahí! ¿Lo has sentido? –preguntó, emocionada.

Alessandro se había preguntado si sería capaz de mostrarse sorprendido cuando Michelle sintiera moverse al bebé por primera vez. Pero no tendría por qué haberse preocupado.

—Es... el bebé... nuestro bebé —dijo, maravillado—. No sé qué decir, Michelle. Ahora mismo querría llevaros a ambos a casa para manteneros a salvo para siempre, pero supongo que no querrás que me dedique a mimarte.

—A partir de ahora puedes mimarme todo lo que quieras —Michelle sonrió—. No pienso volver a quejarme.

—¿Lo dices en serio?

—Nunca he dicho nada más en serio en mi vida.

—Pero... —el rostro de Alessandro manifestó una variedad de emociones mientras asumía las palabras de Michelle—. ¿Después de todo lo que te he hecho?

—Después de todo lo que has hecho por mí —Michelle alzó una mano y acarició su mejilla. Alessandro cerró los ojos mientras sus manos unidas hacían lentos y delicados movimientos sobre el lugar en que Michelle mantenía a salvo a su hijo.

—El comportamiento de mis padres ejerció una influencia terrible sobre mí, pero yo me he excedido en el otro extremo. Ambos vivieron su vida a toda velocidad, ninguno era fiel y los dos se pasaron la vida buscando la fama. Valoraban cosas que para mí son superficiales y fugaces. Crecía decidido a hacer las cosas de otro modo. Pero mi padre y yo compartimos algo. Ambos tuvimos un heredero de la familia Castiglione por accidente. La diferencia reside en que yo me voy a responsabilizar plenamente del mío. Y de ti, *cara mia*. Pienso triunfar donde mi padre fracasó.

Alessandro dijo aquello con tal firmeza que Michelle supo que era cierto.

–Y por eso te importa tanto mi embarazo.

Michelle quería decirle lo feliz que se sentía, pero aquél no era el momento. Lo más importante era que Alessandro estaba aprovechando aquella oportunidad para abrir su alma.

–No quiero que la vida de mi hijo esté llena de decepciones y conflictos. Quiero que todo sea perfecto para él.

–Creo que la paternidad significa comprometerse –dijo Michelle diplomáticamente–. Quiero que nuestro bebé sea feliz, no perfecto. Tendrá dos padres a su disposición todo el rato, y espacio de sobra para correr y jugar. Eso es más de lo que tienen muchos niños cuando comienza su vida. Yo me habría conformado con que me hubieran dado la oportunidad de ser yo misma cuando era pequeña, en lugar de tener que cumplir las expectativas de otro.

Alessandro sonrió y la besó. Luego la estrechó entre sus brazos con fuerza.

–A partir de ahora eso es lo que tendrás, Michelle, la oportunidad de ser tú misma. Voy a pasarme la vida asegurándome de que no te sientas sola, marginada o abandonada. Es una promesa.

La expresión de los ojos de Alessandro hizo comprender a Michelle que ya estaba a salvo en su corazón para siempre.

–Te creo –dijo, sonriente, y él la besó con más ternura de lo que lo había hecho nunca.

Bianca™

¡Debe proponerle matrimonio por honor y deber!

El príncipe Rafiq de Cou-
teveille cree que Alexa Consi-
dine es la amante de un de-
lincuente, y que utilizarla
para vengar la muerte de su
hermana será un placer...

Lexie no puede compren-
der por qué atrajo la atención
del príncipe de Moraze, ella
simplemente quiere unas vacaciones tranquilas. Pero Rafiq es irresistible, y pronto
se encuentra en su cama.

Para horror y vergüenza
de Rafiq, ¡Lexie es virgen!

Seducida por un príncipe

Robyn Donald

Acepte 2 de nuestras mejores novelas de amor GRATIS

¡Y reciba un regalo sorpresa!

Oferta especial de tiempo limitado

Rellene el cupón y envíelo a
Harlequin Reader Service®
3010 Walden Ave.
P.O. Box 1867
Buffalo, N.Y. 14240-1867

¡Si! Por favor, envíenme 2 novelas de amor de Harlequin (1 Bianca® y 1 Deseo®) gratis, más el regalo sorpresa. Luego remítanme 4 novelas nuevas todos los meses, las cuales recibiré mucho antes de que aparezcan en librerías, y factúrenme al bajo precio de $3,24 cada una, más $0,25 por envío e impuesto de ventas, si corresponde*. Este es el precio total, y es un ahorro de casi el 20% sobre el precio de portada. !Una oferta excelente! Entiendo que el hecho de aceptar estos libros y el regalo no me obliga en forma alguna a la compra de libros adicionales. Y también que puedo devolver cualquier envío y cancelar en cualquier momento. Aún si decido no comprar ningún otro libro de Harlequin, los 2 libros gratis y el regalo sorpresa son míos para siempre.

416 LBN DU7N

Nombre y apellido	(Por favor, letra de molde)	
Dirección	Apartamento No.	
Ciudad	Estado	Zona postal

Esta oferta se limita a un pedido por hogar y no está disponible para los subscriptores actuales de Deseo® y Bianca®.
*Los términos y precios quedan sujetos a cambios sin aviso previo.
Impuestos de ventas aplican en N.Y.

SPN-03 ©2003 Harlequin Enterprises Limited

Deseo™

Amar por venganza

YVONNE LINDSAY

Casarse antes de cumplir los treinta
años o perder una fabulosa herencia.
Lo que para Amira Forsythe era una
decisión difícil, para su ex prometido,
Brent Colby, era una oportunidad de
oro para vengarse.

Brent pensaba que Amira era una ca-
prichosa joven de la alta sociedad y
nunca creería para lo que de verdad
necesitaba el dinero. Ocho años antes, Amira lo había humillado delante
de cientos de invitados a una boda
que nunca se celebró. Ahora él tenía
la oportunidad de hacer lo mismo: se-
ducirla, hacerle el amor y marcharse.

La venganza perfecta: ¡el matrimonio!

Una noche, un bebé, un matrimonio

El millonario italiano Gabriel Danti era famoso por sus proezas en el dormitorio... y Bella Scott fue incapaz de resistirse a la tentación de la noche que le ofrecía...

Cinco años después, Bella vivía sola, labrándose una vida para su pequeño y para ella. ¡Jamás pensó que volvería a ver a Gabriel!

Él había cambiado. Su cuerpo estaba lleno de cicatrices. Pero el deseo que sentía por Bella no había menguado. Y sabiendo que tenía un hijo, la deseaba más que nunca...

Cicatrices del alma

Carole Mortimer